Francis Stahl

Ein Herzfehler

Lustspiel in vier Akten

Francis Stahl

Ein Herzfehler
Lustspiel in vier Akten

ISBN/EAN: 9783743354937

Hergestellt in Europa, USA, Kanada, Australien, Japan

Cover: Foto ©Andreas Hilbeck / pixelio.de

Manufactured and distributed by brebook publishing software (www.brebook.com)

Francis Stahl

Ein Herzfehler

☞ **Manuscript.** ☜

Uebersetzungsrecht für alle Sprachen vorbehalten.

Für sämtliche Bühnen im ausschließlichen Debit von **Felix Bloch** in **Berlin**, von welchem allein das Recht der Aufführung zu erwerben ist.

Der Verfasser.

Ein Herzfehler

Lustspiel in vier Akten

von

Francis Stahl.

Reg. London Stat. Hall.
Berlin 1887.

Für Amerika, Canada und Australien ist das Aufführungsrecht ausschließlich durch meinen Vertreter, Herrn Direktor **Heinrich Conried** — 13. W. 42d Street New-York — zu erwerben.

Für Oesterreich-Ungarn beliebe man sich an meinen Vertreter, Herrn **J. Wild**, Wien I., Friedrich-Straße 2, zu wenden.

Für Rußland und Polen im ausschließlichen Bühnenvertrieb der Buchhandlung **Mellin & Neldner, Riga**, und ist von derselben das Aufführungsrecht zu erwerben. —

Nachdruck und Uebersetzung verboten.

Für Schweden, Norwegen und Finnland kann das Aufführungsrecht dieses Stückes nur durch Uebereinkunft mit meinem Rechtsvertreter, Herrn **Oscar Wijkander**, Königl. Hof-Intendant, Stockholm, erworben werden.

Das Aufführungsrecht dieses Stückes für Dänemark kann nur durch die **Königl. Hofmusikhandlung in Copenhagen** erworben werden.

Nachdruck und Uebersetzung verboten.

Dieses Manuscript darf von dem Empfänger weder verkauft, noch verliehen, noch sonst irgendwie weitergegeben werden, bei Vermeidung der gerichtlichen Verfolgung wegen Mißbrauchs und Schadloshaltung des Autors.

Berlin 7, NW., Mittelstr. 21.

Felix Bloch,
bevollmächtigter Vertreter des Autors.

Herrn

Arthur Vollmer

dankbar zugeeignet

vom Verfasser.

P. T.

Zur freundlichen Beachtung!

Die Rolle des **Fähnrichs Erich** verlangt von dem Darsteller Jugend (er ist 21 Jahre alt) und urwüchsige Natürlichkeit. Falls hier und da die Rolle nicht mit einem ihr entsprechenden Naturburschen besetzt werden kann, stelle ich anheim, den Erich von einer Dame (der Soubrette oder der Naiven) spielen zu lassen. — Dem Selbstbewußtsein des Fähnrichs gegenüber ist **Rudolf** die Bescheidenheit selbst, voll Gewohnheiten, die den späteren pflichttreuen Bureaukraten kennzeichnen. Bei **Otto** und auch bei **Hedwig** soll stets der Humor vorblicken; namentlich behalten bei Otto die Leichtlebigkeit und ein gewisser trockener Humor stets die Oberhand. — Der Bonvivant **Paul** ist durchweg im flottesten Tempo zu spielen; alles Geckenhafte ist zu vermeiden; Liebenswürdigkeit und Herz müssen klar heraustreten. **Ziegler** ein gutmütiger, etwas veralteter und ängstlicher Herr; ursprünglich Kleinstädter. **Emilie,** ein altes Hausmöbel; grau geworden in der Familie von Hedwigs Mutter.

Berlin, 1. Januar 1887.

Der Verfasser
(von „Ein Herzfehler").

Mein lieber Herr Vollmer!

Wieder glaube ich ein Stückchen „Deutschen Familien=
lebens" in dem vorliegenden Lustspiele kopiert zu haben und ich
bitte Sie, die Widmung desselben freundlich anzunehmen, da
Sie es sind, dem ich den Einfall zu dieser Arbeit verdanke.
Als Sie den „Alfred Rebus" gespielt hatten, so wahr, so
natürlich und gerade deshalb so unvergleichlich künstlerisch, gab
ich mich ganz dem Gedanken hin, meine Kräfte an eine umfang=
reichere Rolle für Sie zu setzen und so entstand der Fähnrich
„Erich". Jetzt, da der Bursche fertig ist, bin ich ihm herzlich
zugethan, und wenn auch Sie ihm Ihre Aufmerksamkeit schenken
wollen, muß er auf die Beine kommen und ein Liebling Aller
werden, die ihn kennen lernen; zugleich auch durch Ihre Dar=
stellung ein Vorbild für hunderte „kleine Jungen", die den
Wunsch hegen, sich und andere zu amüsieren!
Mit herzlichem Gruß
Ihr ganz ergebenster

Francis Stahl.

Berlin, 1. Januar 1887.

Personen.

- Otto Frischmuth, Baurat.
- Hedwig, seine Frau.
- Gretchen, ihre Tochter.
- Erich, Fähnrich, Hedwigs Bruder.
- Rudolf, Postpraktikant, Ottos Bruder.
- Frau von Albrechtshoven.
- Paul, ihr Sohn, Lieutenant der Reserve.
- Gertrud, ihre Nichte.
- Ziegler, Sanitätsrat.
- Benno, Arzt, sein Neffe.
- Fräulein von Redenbrock.
- Steinhart, Musikdirektor.
- Emilie, Dienstmädchen bei Frischmuth.
- Ein Diener bei Frau von Albrechtshoven.

Zeit: Die Gegenwart. Ort: Berlin.

Erster Akt.
Bei Frischmuth.

Stilgerecht und behaglich eingerichtetes Zimmer. Links Zeichentisch mit Bauplänen ꝛc. Rechts Sofa, davor gedeckter Kaffeetisch, zwei Sessel. Ueber dem Sofa ein Regulator, der auf $^1/_2 3$ zeigt. [Es ist 10 Uhr morgens.] Zwei Thüren links, eine rechts, eine in der Mitte.

1. Scene.

Hedwig (von links erste Thür, mit einem Schlüsselkörbchen, worin eine kleine Häkelarbeit und ihr Portemonnaie; gleichzeitig von rechts) **Emilie** (mit einem Rock Ottos über dem Arm). **Otto** (zweite Thür links, drinnen).

Emilie (an Hedwig vorübergehend). Guten Morgen, gnädig Frau.

Hedwig. Guten Morgen. Hast Du so lange an dem Rock gebürstet?

Emilie (bleibt stehen). Bewahre! — Der Herr Rat haben gewünscht, daß ich den Rock ins Küchenfenster hänge. (Vertraulich.) Er roch wohl ein bißchen zu sehr nach Tabak.

Hedwig (für sich). Den Männern das schönste Parfüm! — Ist der Kaffee fertig?

Emilie. Fräulein Gretchen bringt ihn gleich.

Hedwig. Trage den Rock hinein und bitte den Herrn zum Frühstück. (Sie geht den Kaffeetisch zu mustern, während Emilie an Ottos Thür klopft.)

Emilie. Ist's erlaubt, Herr Rat?

Otto (hinter der Scene). Nur immer herein! (Emilie ab.)

Hedwig. Das ist nun in den letzten vierzehn Tagen schon zum dritten Male, daß Otto über Mitternacht hinaus fortbleibt. So darf es nicht weiter gehen; er ruiniert mich, sich, Grete,

Unverkäufliches Manuscript.

die ganze Familie. Das untergräbt meine Autorität, das Ansehen der Hausfrau. Ich muß...

(Emilie kommt zurück und geht durch die Mitte ab.)

2. Scene.

Hedwig. Gretchen. Otto (hinter der Scene. Zuletzt) **Emilie.**

Gretchen (stellt die Kaffeemaschine auf den Tisch). Ist der Papa noch nicht angekleidet?

Hedwig. Es scheint nicht.

Gretchen. Aber es ist Zeit für mich in die Malstunde zu gehen und ich möchte dem Papa adieu sagen.

Hedwig. Ist auch in der Küche alles in Ordnung?

Gretchen. Alles, Mamachen.

Hedwig. Auch für das Mittagessen gesorgt?

Gretchen. Auch dafür.

Hedwig. Was wird es geben?

Gretchen (lachend). Das sage ich nicht! Ich bereite Dir eine Ueberraschung vor! Du darfst mir nicht während meines Fortseins in die Töpfe gucken.

Hedwig. Ich will meine Neugier zu beherrschen suchen. Du weißt doch, daß Rudolf heute seinen Ruhetag hat?

Gretchen. Nichts mit Zwiebeln, ich weiß das, und statt sechs Pasteten, zwölf. Ich bringe sie mit.

Hedwig. Rudolf werden auch vier genügen; also im ganzen zehn. Nun geh und bitte den Papa zum Kaffee.

Gretchen (klopft an Ottos Thür). Darf ich hinein, Papachen?

Otto (hinter der Scene). Bitte sehr, mein Fräulein!

(Gretchen ab, gleichzeitig öffnet Emilie die Mittelthür.)

Emilie. Der Herr Sanitätsrat, gnädige Frau. (Ab, während Ziegler eintritt.)

3. Scene.

Hedwig. Ziegler.

Ziegler. Guten Morgen, Hedchen.

Hedwig. Guten Morgen, Onkelchen. (Reicht ihm die Hand.) Was ist denn geschehen? Dein Gesicht strahlt ja förmlich.

Ziegler. Habe auch alle Ursache dazu. Benno kommt heute noch.

Hedwig. Das ist ja prächtig. Der arme Junge; er hat während seiner langen Krankheit viel aushalten müssen.

Ziegler. Dafür trug sie ihm die Reisen nach der Schweiz und nach Italien ein.

Hedwig. Komm, setz Dich, Onkelchen. (Beide setzen sich rechts.)

Ziegler. Wo steckt denn Otto?

Hedwig. Der ist mir von gestern abend elf Uhr bis jetzt nicht zu Gesicht gekommen.

Ziegler. Also schläft er noch?

Hedwig. Jetzt dürfte er wohl beim Ankleiden sein.

Ziegler. Dürfte? Sein?

Hedwig. Mit einem Wort: Otto ist erst gegen Morgen nach Hause gekommen!

Ziegler. Solch ein Schwerenöter! (Lacht.)

Hedwig. Ich glaube gar, Du lachst darüber noch! Es geschieht in zwei Wochen zum dritten Male, daß Otto erst am andern Tage nach Hause kommt.

Ziegler. In drei Wochen zum zweiten Male.

Hedwig. Einerlei! Ich will das nicht. Er gerät da in ganz schlechte Gesellschaften, deren höchster Genuß im Biertrinken besteht. Er entfremdet sich seiner Familie, er...

Ziegler. Er ist ein Thunichtgut, ein Nachtschwärmer, ein Bummler...

Hedwig. Na, na, Bummler ist etwas zu stark.

Ziegler. Du thust aber als sei es so.

Hedwig. Nun ja! Ist er's jetzt noch nicht, so kann er es werden, und dem vorzubeugen ist meine Pflicht als Frau und Mutter.

Ziegler. Verfall nur nicht wieder in Deine Uebertreibungsmanier, mein Herzchen. Was willst Du thun?

Hedwig. Nehmen die Nachtschwärmereien kein Ende, so gehe ich mit Grete zu meiner Mutter.

Ziegler. Da haben wir es schon! Mit diesem Unsinn schreckt man den Mann allenfalls im ersten Jahre der Ehe, nicht im neunzehnten.

Hedwig. Das sieht Euch ähnlich! Ein Jahr wollt Ihr höchstens verheiratet sein; später erhalten wir womöglich noch eine Prämie, wenn wir nach Hause zurückkehren!

Ziegler. Das ist ja 'ne reizende Stimmung.

Hedwig. Kann ich denn anders? Habe ich nicht schon genug unter der fixen Idee Ottos, mit allen möglichen und unmöglichen Krankheiten behaftet zu sein, zu leiden? Gesellen sich hierzu noch Entdeckungsreisen nach neuen Bierquellen, so ist

Manuscript not for sale.

mein Mann für mich verloren. Der leichtsinnige Albrechtshoven ist jetzt sein Intimus...

Ziegler. Erlaube! Einen liebenswürdigeren Menschen als diesen Albrechtshoven kann ich mir nicht denken. Mir lacht das alte Herz, wenn ich ihm begegne. Seine Gesellschaft macht sogar die eines Steinharts und einer Redenbrock erträglich.

Hedwig. Bitte, bitte! Beide sind Freunde meiner Mutter und verdienen daher jede Berücksichtigung.

Ziegler. Das heißt also: weil die Mama „Sauerkohl" zu ihren Lieblingsspeisen zählt, so thut es die folgsame Tochter auch, und der gehorsame Gatte muß sich anschließen und seinem Geschmack Gewalt anthun.

Hedwig. An Deine Scherze muß man sich gewöhnen. Ich habe meinen Mann für mich geheiratet, für keinen andern; ich liebe ihn und will ihn für mich allein haben. Und gerade Dich, Onkelchen, habe ich ausersehen mir zu helfen.

Ziegler. Mich? Was soll ich thun?

Hedwig. Vor allem mußt Du Otto das Bier trinken verleiden.

Ziegler. Du scherzest! Gegen nationale Eigenschaften lehne ich mich nicht auf. Das Bier trinken verleiden! Bei den vielen Sorten!

Hedwig. Nun gut, so werde ich allein handeln; ich habe einen Plan.

Ziegler. Heraus damit.

Hedwig. Du sollst von ihm erfahren, sobald Otto das nächste Mal Miene macht den Abend und die Nacht wieder außer dem Hause zuzubringen.

Ziegler. Da bin ich doch neugierig. (Beide erheben sich.)

4. Scene.

Hedwig. Ziegler. Otto. Gretchen.

Otto (mit Gretchen in der Thür; recht jovial). Guten Morgen. (Reicht Ziegler die Hand.) Nun, Sanitätsrätchen, schon zu einem gemütlichen Morgenklatschchen vorgesprochen? Das ist recht. (Er lacht.) Guten Morgen, Hedchen. (Küßt sie auf die Stirn.)

Ziegler. Gleich muß der Mann mit Bosheiten anfangen! (Lacht.)

Gretchen (Ziegler die Hand reichend). Guten Morgen, Onkel, und adieu! Ich muß in die Malstunde. Adieu Papa, und adieu, Mama. (Rechts ab.)

5. Scene.
Hedwig. Otto. Ziegler.

Otto (am Kaffeetisch, wo Hedwig schweigend die Tassen ordnet). Nun? Wollen wir nicht Kaffee trinken? (Man setzt sich, Hedwig füllt die Tassen.) Bißchen schwüle Stimmung hier, wie es scheint.

Hedwig (reicht Ziegler und Otto die Tassen hinüber). Eine Regung seines Gewissens.

Otto (lachend). Ein wahres Glück, daß Sie hier sind, Ziegler! In Ihrem Beisein bricht der Sturm hoffentlich nicht los. — Am frühen Morgen!

Hedwig. Hi! Früher Morgen! Es ist zehn Uhr! Aber freilich, Dir sind Zeitbestimmungen fremd geworden.

Otto (zu Ziegler, munter). Was sagte ich Ihnen? Mein reizendes Frauchen kann zuweilen schrecklich sein; aber Sie wollten's nicht glauben.

Ziegler. Sie hat ganz recht. Wir werden Ihnen tüchtig den Kopf waschen.

Otto. Also eine Verschwörung? Nur zu; ich halte still. (Lacht.)

Ziegler. Abends fortzugehen und erst morgens heim= zukehren.

Otto. Sie übertreiben. Es war nach zwölf.

Hedwig. Da hat er recht. Und vor zwölf Uhr mittags! (Mit Humor.) Sag' mir doch, mein Männchen, was rief ich Dir zu, als ich Dich hier eintreten hörte?

Otto. Du riefst mir zu — (führt seine Tasse zum Munde).

Hedwig. Hast keine Ahnung mehr davon! — Ich bat Dich, die Uhr anzuhalten, da mich deren Tiktak störte.

Otto. Nun ja; ich hielt sie an.

Hedwig. Sie steht noch.

Otto. So will ich sie anstoßen. (Erhebt sich.)

Hedwig. Bitte, worauf zeigt sie?

Ziegler (während alle auf die Uhr blicken). Auf halb drei.

Otto (fröhlich auflachend). Das ist gottvoll!

Hedwig. Um halb drei bist Du gekommen, teurer Gemahl!

Otto (umarmt sie). Das ist unbezahlbar! (Küßt sie.) Du bist die klügste Frau unter der Sonne!

Hedwig (wehrt ihn ab). Ach geh' — (Otto setzt sich.)

Ziegler. Und bei der Frau bleibt der Mann bis halb drei fort.

Hedwig. Jetzt beichte. Wo warst Du?

Unverkäufliches Manuscript.

Ziegler. Als ob ich meine gute Selige höre.

Hedwig (zu Ziegler). Ja, ja, Du warst auch solch ein Windikus. Also, Otto?

Otto. Zuerst im Theater die Premiere zu sehen. Das weißt Du.

Hedwig. Dann?

Otto. Im Augustiner ein Glas Bier zu trinken.

Hedwig. Eines nur?

Ziegler. Er erinnert sich nur noch des letzten.

Hedwig. Also weiter.

Otto. Von dort ging ich ins Kaffee.

Hedwig. Gott! Nach dem vielen Bier noch den schlechten Kaffee?!

Otto. Deshalb ging ich nicht dorthin. Man findet da die Herren von der Kritik.

Hedwig. Interessiert Dich das?

Otto. Natürlich. (Mit viel Humor.) Ich mußte doch zu erfahren suchen, wie mir das neue Stück gefallen hat.

(Alle lachen.)

Hedwig. So will er wieder Stimmung machen! Aber ich lasse mich nicht so leicht fangen. (Trinkt.) Sieh mal, Otto, da las ich gestern das Konkurrenzausschreiben des russischen Fürsten, der 10,000 Rubel für den besten Schloßbauentwurf bietet. Das wäre etwas für Dich; das hieße die Zeit besser anwenden, als sie in den Wirtshäusern vertrödeln.

Otto. Da hört man, was Du davon verstehst. 10,000 Rubel — hast Du gesehen, wie sie stehen? Daran könnte ich schön verlieren! (Er und Ziegler lachen.)

Hedwig. Und mit solchen Witzen glaubst Du meine gerechten Vorwürfe fortscherzen zu können. Ach, Otto, wann willst Du einmal vernünftig werden?

Ziegler. Ich meine auch, alt genug wären Sie wohl dazu.

Hedwig. Alter schützt vor Thorheit nicht.

Otto. Hast recht, Liebchen. — Ich bin das Alter und Du bist die Thorheit. (Lacht.)

Hedwig (erhebt sich schnell). Aber Otto! Anstatt be- und wehmütig zu sein, machst Du Dich noch über mich lustig!

(Ziegler und Otto stehen auf.)

Otto. Wer wird denn gleich so empfindlich sein und jeden kleinen Scherz übel auslegen.

Hedwig. Bei Dir ist Alles nur kleiner Scherz!

Ziegler. Keinen ernstlichen Streit, Kinder. Verderbt Euch und mir nicht den Tag. Sie ließen mich noch nicht dazu kommen, Frischmuth, Ihnen zu sagen, daß Benno heute eintrifft.

Otto. Ah! Charmant! Hoffentlich ist er doch ganz gesund?

Ziegler. Seinem Briefe nach wie ein Fisch im Wasser.

Otto. Jetzt heißt es, ihm eine Praxis schaffen.

Ziegler (lachend). Schade, daß Ihnen ausnahmsweise nichts fehlt. Sie könnten Bennos erstes interessantes Objekt sein.

Otto. Ha! Gut, daß Sie mich daran erinnern. Ich spürte gestern eine sehr fatale Erscheinung.

Hedwig. Da hast Du's, Onkel! Du mußt ihn gerade noch darauf bringen!

Ziegler. Lieber Freund, Sie sind ein Narr mit Ihren ewigen Erscheinungen.

Otto. Sie thun so, als ob ich gegen jede Krankheit gefeit wäre.

Ziegler. Das habe ich noch niemals behauptet. Ihre Meinung aber, für jede Krankheit prädestiniert zu sein, ist Unsinn. Sie sind auf dem schönsten Wege zum Hypochonder und wenn…

Otto (mit plötzlichem Schauer). Da!… Da!… Eben kommt's wieder!

Ziegler. } Was denn?!
Hedwig. }

Otto. Der Schauer; im Rücken.

Hedwig. Einbildung.

Otto. Ich fühl' es aber doch!

Ziegler. Im schlimmsten Fall eine leichte Erkältung.

Hedwig. Kein Wunder, wenn man die Nacht zum Tage macht.

Otto. Mit Absprechungen und Vorwürfen befreit Ihr mich nicht von dem gräßlichen Gefühl. Ich muß denn doch am besten wissen… da! Ich spür's ja deutlich!

Ziegler. Erklären Sie mir das Gefühl näher.

Otto. Ja — läßt es sich denn erklären? — Es ist als ob — als ob — „es kribbelt und krabbelt mir den ganzen Rücken herunter!"

Ziegler. Hm, hm. — Das ist allerdings bedenklich — es können Zeichen einer beginnenden **tabes dorsualis** sein.

Manuscript not for sale.

Otto. Wa — was ist das?

Ziegler. Eine sehr böse und in der Regel unheilbare Krankheit.

Hedwig. Aber Onkel!

Otto. Und das — das sagen Sie mir so, als ob es sich um einen Pfannkuchen handelte?!

Ziegler. Stehen Sie gerade. — Die Hacken zusammen. — Schließen Sie die Augen.

Otto. Was soll denn das? — Ich bin auf eine Untersuchung nicht vorbereitet — dafür muß man sich doch sammeln.

Ziegler. Hasenfuß! So sammeln Sie sich.

Hedwig. Onkel, Du machst mich ängstlich.

Ziegler. Was soll die lange Debatte. Also — stillgestanden! Schließen Sie die Augen.

Otto. Was haben Sie vor?! Ich bin nervös.

Ziegler. Warum konsultieren Sie mich, wenn Sie sich vor der Untersuchung fürchten?

Otto. Nun — so machen Sie schnell. (Nimmt die vorgeschriebene Stellung ein und schließt die Augen.)

Ziegler (betrachtet Otto lächelnd einige Augenblicke und schlägt ihm dann kräftig auf die Schulter). Er steht wie eine Mauer! Lassen Sie sich nicht auslachen.

Hedwig (aufatmend). Also ist es nichts?

Ziegler. Eine seiner bekannten Einbildungen. Ich wünsche jedem Menschen ein so gesundes Rückgrat. — Sprechen wir von etwas anderm. Werdet Ihr abends zu Hause sein?

Hedwig. Ich hoffe doch?

Otto (noch einmal die vorhin eingenommene Stellung flüchtig wiederholend). Wenn nichts dazwischen tritt.

Ziegler. So kommen Benno und ich zu einem Skat herunter, wenn es Euch recht ist?

Hedwig. Wie kannst Du fragen? Du wirst uns, wie immer, herzlich willkommen sein und sollst uns eine Deiner berühmten Bowlen brauen. Rudolf kommt auch; er hat heute seinen Ruhetag.

Otto. Den nervösen Postpraktikanten zum Skat? Das wird kein Genuß.

Hedwig. Glaub' ihm nicht, Onkel. Sein Bruder ist ein so lieber Mensch.

Otto. Sie werden's ja sehen. Seitdem er zwischen hier und Magdeburg fährt, befindet er sich eigentlich immer auf der Reise, am eiligsten während seiner Ruhetage. Sie kennen ihn in diesem Stadium seiner Ausbildung noch nicht. Da werden Sie was erleben.

Hedwig. Laß Dir nichts weiß machen, Onkel; ich bürge für Rudolf.

Ziegler. Ich kenne ihn ja. Abgemacht, wir kommen. (Abgehend, zu Hedwig.) Vergiß nicht den Zucker mit Cognak anzusetzen. Zwei Stunden vorher.

Hedwig. Ich weiß, ich weiß.

Ziegler. Also um halb acht.

Hedwig. Spätestens.

Ziegler. Auf Wiedersehen.

Otto. Auf Wiedersehen. (Ziegler durch die Mitte ab.)

6. Scene.

Hedwig. Otto.

Hedwig (am Kaffeetisch, schmollend). Noch kein Wort der Entschuldigung hörte ich von Dir.

Otto (links, mit seinen Zeichnungen beschäftigt, launig). Ich hab' Dich doch schon zweimal geküßt.

Hedwig. Egoist.

Otto (geht zu ihr und umfaßt sie). Bist Du mir denn wirklich böse?

Hedwig. Ich habe wohl alle Ursache dazu. — Otto, ist es Dir denn gar nicht möglich, bei Frau und Kind auszuhalten?

Otto. Halte ich denn nicht genug von Euch aus?

Hedwig. Laß doch endlich einmal Deine Scherze! — Du willst die Angst einer Frau, die ihren Mann nachts außer dem Hause weiß, nicht begreifen. Ach, Otto, wir könnten so glücklich und zufrieden mit einander leben, wenn Du nicht so ganz anders geworden wärest.

Otto. Aber ich bin ja ganz glücklich und zufrieden.

Hedwig. Du denkst nur an Dich. An unsere — an Gretchens Zukunft...

Otto. Ja, glaubst Du denn, daß mein hin und wieder verlängertes Ausbleiben von Einfluß auf Dein oder Gretels Schicksal sein kann? Du bist, wie alle Frauen, eine Feindin der Wirtshäuser und zeigst darin, nimm's mir nicht übel, Kurzsichtigkeit, wie alle. Der Mann darf den regen Verkehr nicht entbehren, und die Leute, mit denen ich an drittem Orte zusammen komme, zusammen kommen muß, kann ich unmöglich alle in mein Haus einladen. (Geht zu dem Zeichentisch.)

Unverkäufliches Manuscript.

Hedwig. Du hattest diese Umgangs=Bedürfnisse in früheren Jahren nicht.

Otto. Jetzt erfordern sie meine Stellung und meine privaten Unternehmungen. Es wächst der Mensch mit seinen höheren Zwecken.

Hedwig. Du weißt das alles so hübsch und so nett zu sagen, daß man eigentlich unbedingt daran glauben müßte und Dich um Deinen Redefluß beneiden sollte. Ich lasse mir aber trotzdem die Notwendigkeit der vielen Bierlokale nicht einreden, die nur dazu da sind, einen geregelten Hausstand zu untergraben.

Otto. Bitte, komm einmal her. (Sie folgt ihm, er legt ihr eine Zeichnung vor.) Was ist das?

Hedwig. Ich denke die Villa für Albrechtshoven?

Otto. Richtig. Und wo lernte ich ihn kennen?

Hedwig. Willst Du mir vielleicht damit beweisen, daß das Bierhaus, wo Du diese Bekanntschaft machtest, durchaus da sein mußte? Fehlgeschossen, mein guter Mann. Albrechts= hoven ist ein Freund von Benno Ziegler, wir hätten ihn auch auf anderem Wege kennen lernen können.

Otto. O Frauenlogik —! Ich streiche die Segel. — Wie gefällt Dir die Façade?

Hedwig. Ganz hübsch. — Was kommt denn da in die Nischen?

Otto. In einer derselben soll mein geliebtes Weib verewigt werden.

Hedwig. Na... da mußt Du auch schon keine andere mehr haben, wenn Du Dich jetzt Deiner Frau erinnerst. — Alle hast Du schon irgendwo verewigt. — Neulich, als die drei Grazien gebraucht wurden, dachtest Du nicht im entferntesten an mich; aber die Grete Mallwitz, die Baronin von Egloffsberg und Tina Kettner, die waren Dir schön genug. Dabei hat die erste einen fürchterlich großen Mund, die andere eine zu kleine Nase und die dritte hohe Schultern. — Jetzt danke ich sehr! —— Als — als was soll ich denn da hinein?

Otto. Aha.

Hedwig. Gott — ich frage nur so.

Otto. Als Atropos.

Hedwig. Was ist das für eine Person?

Otto. Eine der drei Parzen.

Hedwig. Die mit der Spindel?

Otto. Nein — die mit der Scheere — die mir den Lebensfaden abschneidet! (Lacht, umarmt sie und küßt sie.)

Hedwig (sich los machend). Ach, geh doch! Du bist wirklich unausstehlich!

7. Scene.
Hedwig. Otto. Erich (im Kommißanzuge).

Erich (durch die Mitte). Guten Morgen, Kinder!

Hedwig. Junge! Wo kommst Du denn her?!

Erich (beiden die Hand reichend, die Mütze auf dem Kopfe). Erstens Vorstellung gehabt. Zweitens früh fertig geworden. Drittens Urlaub nach Berlin genommen. — Komm' Euch wohl ungelegen?

Otto. Schwatz keinen Unsinn! Leg ab. Wie sieht es denn da drüben mit Dir aus?

Erich (wirft seine Mütze auf den Kaffeetisch und hängt sein Seitengewehr an einen Stuhl) Famos! — Hatte in dem letzten Aufsatz bei dem Befestigungskünstler eine sieben. — Sehr gute Arbeit von mir, hätte eine acht verdient. Sollten ein alleinstehendes Gehöft verteidigen. Weit und breit kein Verschanzungsmaterial. Da mußte nun erstens...

Hedwig. Liebster Erich — das erstens, zweitens und drittens — bitte —

Otto. Laß ihn doch. Mich interessiert das.

Hedwig. Du verwöhnst ihn.

Erich (achselzuckend). Nicht ein Atom militärischen Geist hat Hedwig. — Uebrigens hab' ich gräßlichen Hunger.

Hedwig. Ich will Dir den Kaffee warm machen lassen.

Erich. Aeh — angewärmter Kaffee —? Ich wollte Otto eigentlich einladen mit mir bei Panzer zu frühstücken; er zeigt frische Austern an. Ich muß jedenfalls hin, da ich ihm am vorigen Sonntag sieben Mark fünfzig schuldig blieb.

Hedwig. Die ja Otto gleich mit abmachen kann.

Otto. Das dürfte wohl so kommen! (Lacht.) Aber bleib hier, mein Sohn. Unsere brave Frau und Schwester findet wohl auch noch etwas anderes als angewärmten Kaffee. Was meinst Du zu einem Fläschchen Burgunder, Hedchen?

Hedwig (scherzend). Aber Otto! Der schwere Wein bekommt dem kleinen Jungen nicht.

Erich (fährt auf). Kleiner Junge?! Bekommt ihm nicht?! — Liebe Hedwig, wenn Du mir das vor der Front gesagt hättest, könnte ich ruhig meinen Abschied nehmen!

Manuscript not for sale.

Otto (lachend). Ja, siehst Du, so unvorsichtig ist Dein Schwesterchen oft. — Zankt Euch noch ein wenig und vertragt Euch wieder, während ich inzwischen den Herren im Bureau guten Morgen sage. Dann frühstücken wir. (Rechts ab. Hedwig schellt.)

8. Scene.

Hedwig. Erich. Emilie (durch die Mitte).

Emilie. Guten Morgen, Herr Lieutenant. (Sie nimmt das Kaffeegeschirr zusammen.)

Erich. Morgen, Emilie. (Stellt einen Stuhl in die Mitte. Emilie mit dem Kaffeegeschirr rechts ab.)

Erich (setzt sich). Doch 'n sehr nettes Mädchen, Eure Emilie.

Hedwig (auf dem Sofa, mit der Häkelarbeit). So.

Erich. Ja. (Verlegenheitspause.) Na — wie geht's Euch eigentlich?

Hedwig (ohne von ihrer Arbeit aufzusehen). Ich danke Dir, gut. (Pause.)

Erich. Ist Gretchen nicht zu Hause?

Hedwig. Sie ist in die Malstunde gegangen. (Pause.)

Erich. Gestern ist der Karbin vom Pferde gefallen. Kennst Du den?

Hedwig. Nein. Hat er Schaden genommen?

Erich. Keine Spur. Aber siehst Du — der Mann hat erstens keinen Schluß, zweitens hat er Angst und drittens kann er nicht reiten.

Hedwig. Er wird's noch lernen.

Erich. Schwerlich. Der Reitkünstler sagt auch — der sagt, der Karbin hat erstens . . .

Hedwig. Du solltest heute die Großmama besuchen.

Erich. Es ist ja noch lange hin bis zu meinem Geburtstag.

Hedwig. Schäme Dich! Großmama interessiert sich sehr für Dich und ist immer so gut zu Dir.

Erich. Sie sollte nur die Beweise ihrer Liebe etwas weniger drastisch ausdrücken.

Hedwig. Was willst Du damit sagen?

Erich. Neulich ist mir etwas Schönes passiert.

Hedwig. Was denn?

Erich. Hör' zu. Als ich Euch verlassen hatte und in die Potsdamer Straße einbiege — wer kommt da an? — Groß=

mamachen. Natürlich stellt sie mich. Kannst Dir denken: ich in Extrauniform — und ihren grauen Mantel kennst Du.

Hedwig. Erich!

Erich. Na, wir pilgern los. Vor einem Bäckerladen bleibt sie stehen, weil ihr die Backware im Schaufenster riesig imponiert. Ich muß mit hinein und während sie ihren Einkauf macht, soll ich mir etwas recht Schönes zum essen aussuchen! Nun bitt' ich Dich! Ein charakterisierter Portepeefähnrich in Uniform, im Bäckerladen eine mit Zucker bestreute Maulschelle verzehrend! (Hedwig lacht.) Zu lachen war da wahrhaftig nichts. Schaufenster — so groß — (Geste) und von draußen konnte jeder Mensch 'reinsehen — dabei war die ganze Kriegsschule aus Potsdam in Berlin! — Was blieb mir übrig? Großmama ließ nicht locker; sie schien meine Weigerung für Bescheidenheit anzusehen und steckte mir schließlich so'n Dings mit Rosinen in die Hand, das ich bis auf den letzten Krümel aufessen mußte. Hätte ich ihr dann nicht vorgeredet, daß der Zug abgeht, so hätte sie mir noch so'n Kuchen eingestopft.

Hedwig. Einer so alten Dame darf man das nicht übel nehmen. Großmama kann sich eben auch noch nicht daran gewöhnen, daß Du nicht mehr der kleine Junge sein willst.

Erich (aufstehend, ärgerlich). Ach was — sein willst! Wenn man Königlich preußischer Portepée-Fähnrich ist und Uniform anhat, in acht Wochen Offizier wird, kann von „kleinem Jungen" keine Rede sein! — — (Nähert sich Hedwig.) Uebrigens, Hedwig — Du könntest mir wohl 20 Mark pumpen.

Hedwig. Warum nicht gar! — Du weißt, daß ich kein Geld habe, und Mama schickt Deine Zulage, wie Dir bekannt sein dürfte, pünktlich zum ersten.

Erich. Daß Du keine 20 Mark haben solltest, rede mir doch nicht ein. Für die paar Tage könntest Du die Kleinigkeit wohl auslegen — wir haben heute schon den achten. — Das wäre doch furchtbar ungefällig.

Hedwig. Schon! — Daß Du „schon" am achten mit Deinem Gelde fertig bist, ist sehr betrübend. Wie soll das eigentlich später werden, sobald Du Offizier geworden sein wirst?

Erich. Ich kann mir doch nicht jetzt schon wegen der Schulden, die ich als Offizier machen werde, den Kopf zerbrechen. Alles zu seiner Zeit. Jetzt handelt es sich nur um 20 Mark für notwendige Bedürfnisse eines Fähnrichs.

<u>**Unverkäufliches Manuscript.**</u>

Hedwig. Ja, ich kann Dir nicht helfen.
Erich. So muß ich mich an Otto wenden.
Hedwig. Untersteh Dich!

9. Scene.
Vorige. Otto. Paul.

Paul (mit Otto von rechts). Ergebenster Diener, gnädige Frau. Gestatten — (küßt Hedwig die Hand).
Hedwig. Welche Ueberraschung, Herr von Albrechtshoven.
Paul. Wäre untröstlich, falls störte, gnädige Frau.
Hedwig. Sie wissen, wie Sie uns stets willkommen sind.
Paul. Zu gütig, gnädige Frau, zu gütig. — Und Fräulein Tochter befinden sich wohl?
Hedwig. Ganz wohl.
Paul. Freue mich sehr. (Schüttelt Erich die Hand.) Junger Kamerad, auch wieder hier? Willkommen. (Zu Hedwig.) Herr Gemahl trägt ganze Verantwortung, gnädige Frau, wollte durchaus nicht stören...
Otto (am Zeichentisch). Für den Fall Sie da noch fertig werden sollten mit Ihren Entschuldigungen, kommen Sie, bitte, hierher.
Paul. Macht sich schon wieder lustig, der Herr Gemahl! (Lacht.) Bin aber zu Diensten. (Tritt zu Otto.)
Otto (Paul eine Zeichnung reichend). Da haben Sie die Abänderungen. Werden Sie jetzt zufrieden sein?
Paul. Sehr schön. — Ah — außerordentlich schön! — (Zeigt Hedwig die Zeichnung.) Teilen gnädige Frau Geschmack?
Hedwig. Sie setzen mich in Verlegenheit. Ich darf doch meinen Mann nicht loben.
Paul (zu Erich). Und was sagen Kamerad?
Erich (auf die Zeichnung sehend). Kolossal schneidiges Lokal.
Otto. Erich! Wie kann man sich nur so „anlehnen"! — Fliegende Blätter.

(Man lacht.)

Hedwig. Darf man erfahren, Herr von Albrechtshoven, welche Wohnung Sie wählen werden?
Paul (auf die Zeichnung deutend). Hier, gnädige Frau; wohne parterre. Mama und Gertrud sehr empfindlich, wenn Lärm über ihnen; nehmen ersten Stock.
Hedwig. So gedenken Sie also recht viel Lärm zu machen? Soll das laute Junggesellenleben kein Ende finden?

Paul. Wenig Aussicht, gnädige Frau. Kein Glück bei holder Weiblichkeit.

Hedwig. Sie?! Einer der reichsten und liebenswürdigsten Kavaliere?

Paul. Reich — allerdings. Nicht mein Verdienst. Liebens= würdig? — Hm, gnädige Frau, trotzdem fast alle leichtsinnigen Dinge abgestreift... (reicht Otto die Zeichnung).

Hedwig. Fast?

Paul. Bin beim Aufräumen, wahrhaftig. — Aber denken, gnädige Frau, schon Cousine Gertrud sagt, wäre unerträglich, und ist doch, so zu sagen, verwandt.

Hedwig. Und was veranlaßt Fräulein Gertrud zu Vor= würfen?

Paul. Vor allem abgekürztes Verfahren in Sprechweise.

Erich. Na, das finde famos!

Hedwig. Aber, Erich!

(Paul und Otto lachen.)

Paul (drückt Erich die Hand). Danke, Kamerad, danke. Glaube jedoch, wäre besser, wenn wieder Redefluß aus goldener Jugendzeit erlangen könnte. Gewöhnt sich solche Dummheiten leicht an; aber los werden schwer — ist — es ist. (Mit sicht= lichem Bemühen.) Aber sie los zu werden ist schwer!

(Man lacht.)

Hedwig. Da sollten Sie uns nur öfters durch Ihre Besuche erfreuen. Freilich stünde zu befürchten, daß Sie dann bald zu einem zu prosaischen Deutsch gelangen.

Paul. O, gnädige Frau glauben gar nicht, welche An= strengungen mache Albernheit abzustreifen. Recitiere jetzt sogar alle Tage Schiller. Zum Beispiel: Zu Dionys dem Thrannen schlich Möros, Dolch im Ge...

Hedwig.
Otto. } Den Dolch! (Alle lachen.)
Erich.

Paul (lachend). Na, da hören Sie's!

Otto. Also, Verehrtester, bleiben wir bei dieser Façade?

Paul. Natürlich, natürlich bleiben wir. — Doch störte wohl jetzt genug. — Sehe Sie heute noch, Herr Baurat? Wissen wohl, daß altdeutsche Trinkstuben von Löwenbräu ein= geweiht werden?

Otto. Richtig! Das Löwenbräu! Das hätte ich fast vergessen. Ich komme; selbstverständlich.

Manuscript not for sale.

2*

Paul (zu Erich). Und Kamerad auch dabei?
Erich. Außerordentliche Ehre.
Hedwig. Es scheint Dir entfallen zu sein, lieber Otto, daß Onkel Ziegler und Benno für den Abend angesagt sind.
Paul. Ah! Doktor Ziegler schon zurück?
Hedwig. Er trifft heute ein.
Paul. Ungemein erfreut, lieben Freund wieder zu sehen! Thut übrigens nichts, gnädige Frau; erwarte die Herren nach Kartenpartie. Löwenbräu ganze Nacht geöffnet. (Lacht.)
Hedwig. Mein Mann schien vorhin nicht recht wohl... und mein Bruder muß mit dem Neunuhrzuge nach Potsdam.
Erich. Erstens Nachturlaub, zweitens...
Otto. Ziegler sagte ja, daß mein Unwohlsein nichts zu bedeuten habe. Ich fühle mich auch wieder ganz wohl.
Hedwig. So — das ist ja schön — das freut mich — dann... vielleicht findet Herr von Albrechtshoven Gefallen daran, den heutigen Abend in unserer Gesellschaft, in unserm Hause zuzubringen?
Otto. Ja, das sollten Sie thun.
Hedwig (für sich). Das ist herzig von Otto.
Otto. Sanitätsrat Ziegler hält es nie länger als bis 11 Uhr aus; Benno wird von der Reise ermüdet sein und sich zeitig zurückziehen, oder wir nehmen ihn mit.
Hedwig (für sich). Empörend!
Paul. Schwärme förmlich in Vergnügen! Gnädige Frau, nehme Einladung dankbar an; müssen aber erlauben, Cousine Gertrud mitzubringen; fühlt sich hier so außerordentlich glücklich. Mama leider immer noch nicht wohl.
Hedwig. Fräulein Gertrud soll uns herzlich willkommen sein.
Paul (zu Otto). Geht auch spätestens halb elf nach Hause. — Erlauben, gnädige Frau — (küßt Hedwig die Hand). Auf Wiedersehen, Herr Baurat; au revoir, Kamerad. (Durch die Mitte ab.)
Erich. Reizender Kerl!

10. Scene.

Hedwig. Otto. Erich. (Dann) **Emilie.**

Hedwig (bestimmt, fast trotzend). Willst Du wirklich noch nach dem Fortgehen der Gäste ins Bierhaus?

Otto (mit Humor). Ja, liebes Kind, ich konnte doch die Einladung unmöglich ablehnen?

Hedwig. Gewiß hättest Du das thun können und thun sollen! Albrechtshoven ist ein ganz leichtsinniger Mensch, der Dich nur zu allen Schlechtigkeiten verführt!

Otto. Aber, aber! — Ich schulde ihm Verpflichtungen, und ...

Hedwig. So! Hast Du Dich etwa auch kontraktlich verpflichtet, so und so viel Gläser Bier während der Bauzeit mit ihm zu trinken? — Geh nur; aber wundere Dich nicht, wenn Du einmal bei Deiner Heimkehr Gretchen und mich hier nicht mehr findest! — — Und alle halten es nur bis 11 Uhr aus?! (Sie schellt heftig.) Ich will Dir jemand dazu laden, der ausdauernder ist! (Emilie von rechts.) Emilie, geh sogleich zum Herrn Musikdirektor Steinhart. Eine schöne Empfehlung vom Herrn Baurat, und wenn der Herr Musikdirektor nichts Besseres für heute Abend vorhätte, so ließe mein Mann ihn doch sehr bitten, verstehst Du? sehr bitten, zu einer gemütlichen Tasse Thee.

Otto. Aber...

Hedwig. Geh sogleich, Emilie!

Emilie. Jawohl, gnädige Frau. (Will gehen.)

Otto. Das sind aber doch...

Hedwig. Nicht genug, meinst Du? Richtig! Die Redenbrock soll auch her! Emilie!

Otto.
Erich.
} Um Gotteswillen!

Hedwig. Zu Fräulein von Redenbrock gehst Du auch! Ich ließe bitten, für heute abend. Jetzt geh! (Während Emilie durch die Mitte abgeht, eilt Hedwig an den Tisch und nimmt ihr Schlüsselkörbchen, dann, sich zu Otto wendend.) Die kommt sicher! (Mit triumphierendem Blick auf Otto links ab.)

11. Scene.

Otto. Erich.

Otto (mit komischer Verzweiflung). Das ist ja fürchterlich! (Hedwig nachrufend und die Anwesenheit Erichs vergessend, der sich auf die Sofa-Armlehne gesetzt hat und die Arme kreuzt.) Hedwig! — So nimm doch Vernunft an! — Das wird ein schöner Abend! Den fahrigen Postpraktikanten, die ahnensüchtige

Unverkäufliches Manuscript.

Redenbrock, den groben Musikanten um sich versammelt, und über alles das einen Aufguß der berüchtigten Bowle — da geh' ich schon vorher ins Löwenbräu!

Erich. Sehr gemütlich bei Euch, das muß man sagen. Ihr streitet Euch 'rum und ich muß d'runter leiden.

Otto. Was willst Du denn noch?!

Erich. Frühstücken.

Otto (nach kleiner Pause und mit letztem Blick auf die Thür). Gehen wir zu Panzer.

Erich (aufspringend). Das ist gescheit! Komm! (Nimmt seinen Degen.)

(Der Vorhang fällt.)

Ende des ersten Aktes.

Zweiter Akt.

(Speisezimmer bei Frischmuth. Rechts Büffet mit kalter Küche. In der Mitte ein Tisch, auf dem die Bowle, Punschgläser, leere Flaschen und Zucker stehen. Ziegler bereitet mit Hilfe Emiliens die Bowle. Vorn links Sofa mit kleinem Tisch und zwei Sesseln, hinten rechts und links kleine Tische mit Stühlen. Drei Thüren.)

1. Scene.
Ziegler. Emilie.

Ziegler (die Bowle kostend). Sie haben sich vergriffen, Emilie, glauben Sie es mir.

Emilie. Aber Herr Sanitätsrat! Die gnädige Frau hat mir die Likörflasche selbst gegeben.

Ziegler. So hat sich die gnädige Frau vergriffen.

Emilie. Wollen wir noch ein bißchen Zucker zuthun?

Ziegler. Ja. Werfen Sie den ganzen Zucker hinein; möglich, daß er den scheußlichen Geschmack etwas paralysiert. — Wenn ich nur darauf käme — (kostet).

Emilie. Geben Sie noch etwas Rum zu, Herr Sanitätsrat. Wenn's mal mit meinen Puddings nicht recht gehen will, macht der Rum alles wieder gut.

Ziegler. Das wird ein Höllenbräu und ich riskiere meinen ganzen Ruf. Hinein mit dem Rum. (Emilie gießt viel Rum hinein, er rührt und kostet.) Grog aus Rum mit einem fürchterlichen Beigeschmack. Das kann unmöglich gut werden. (Kostet.) Wenn ich nur wüßte, was es ist.

2. Scene.
Vorige. Hedwig.

Hedwig (in der Thür links, ihr Schlüsselkörbchen in der Hand, worin ihr Portemonnaie). Nun, Onkel? Wie weit bist Du? (Sie setzt das Körbchen auf das Büffet.)

Manuscript not for sale.

Ziegler. Sag' mir, um Gotteswillen, Kind, womit hast Du den Zucker angesetzt?

Hedwig. Mit Cognak; wie immer.

Ziegler. Bist Du dessen sicher?

Hedwig. Natürlich.

Ziegler. Könnte es nicht doch irgend etwas anders gewesen sein? Steht der Cognak allein oder in Gesellschaft verschiedener Spirituosen?

Hedwig. Otto hat von seiner letzten Reise einige feine Liköre mitgebracht und sie zu den Cognakflaschen gestellt.

Ziegler. Unglückskind! Du hast irgend etwas fürchterliches erwischt. Schon bei dem ersten Abnehmen des Deckels fiel mir der eigentümliche Geruch auf.

Hedwig (riecht in die Bowle). Ich spüre nur Rum. Uebrigens stehen in jenem Fache nur Liköre; es kann also nichts anderes gewesen sein.

Ziegler. Heilige Einfalt! Glaubst Du, daß es für die Bowle ganz gleichgültig ist, ob man den Zucker mit Cognak oder mit spanischem Bittern ansetzt?

Hedwig. Ist sie denn gar nicht zu genießen?

Ziegler. Probiere. (Füllt ein Glas.)

Hedwig (kostet). Ich finde sie wunderschön. — Ein wenig Beigeschmack von Fenchel.

Ziegler. Das ist es! Daß man so oft auf die einfachsten Dinge nicht kommen kann!

Hedwig. Es ist doch kein Unglück? Auch merkt man das kaum.

Ziegler. Na, ich meine doch...

Hedwig. Unbesorgt, Onkelchen. Emilie, nimm die Flaschen hinaus. Es ist hohe Zeit. (Während Emilie mit den Flaschen durch die Mitte abgeht, ruft Hedwig links hinein.) Darf ich nun bitten?! (Sie tritt mit Ziegler ans Büffet.)

3. Scene.

Hedwig. Ziegler. Erich. Rudolf.

Erich (tritt von links ein; mit abwehrender Geste gegen den nach ihm erscheinenden Rudolf). Wenn Du schon den Gebildeten spielst; Herr Gott —

Rudolf. Das willst Du wohl beurteilen?

Erich. Und Deine ewige Renommage über Eure Verantwortlichkeit! Daß Du die Briefe richtig expedierst und

Teplitz in Böhmen nicht mit Töplitz bei Bornim via Potsdam verwechselst, das ist Deine ganze Verantwortlichkeit. (Beide sind an den Tisch links getreten, der zwischen ihnen steht.)

Rudolf. Du hast nette Begriffe!

Erich. Die lächerliche Prahlerei mit Eurer Gelehrsamkeit! — Geographie — nun ja — es ist ja ganz hübsch, wenn man davon etwas weiß; aber dazu gehört doch auch nur Gedächtnis. — Was weißt Du, zum Beispiel, über die Verwendung der Reiterei in den Kriegen des alten Fritz? — Was weißt Du von der Angriffsmethode Napoleons? — Was weißt Du von der Taktik überhaupt? — Siehst Du? Da bist Du gleich fertig!

Rudolf (ahmt mechanisch das Telegraphieren auf dem Tisch nach). Was weißt Du, zum Beispiel, von den neuesten Forschungen auf dem Gebiet der Electricität? He?

Erich. Nun wird es gut! — Das fehlte nur noch, daß ein Civilist — „Civilist" — wie das schon klingt! — einen preußischen Portepéefähnrich zu examinieren anfängt. (Greift nach Rudolfs Hand.) Thu mir den einzigen Gefallen und laß diese ewige Trommelei!

Rudolf. Portepéefähnrich! — Wenn ich heute eingezogen werde, mußt Du vor mir „stramm" stehen.

Erich. Richtig! — Das ist aber auch der ganze Beruf des Reservelieutenants. — Im Dienst macht er nur Konfusion und verwirrt die Leute; Beschwerden kann er nicht ertragen und auf Märschen klappt er zusammen wie — Butter an der Sonne!

Rudolf (telegraphiert). Hi, hi, hi!

Erich. Er ist ein Rabe, der sich mit Pfauenfedern schmückt, in Gestalt von Löwenpelzen — prachtvoller Vergleich mit unserer Uniform! — Ihr krümmt Euch vor Freude, wenn die Leute Euch grüßen und kommt's d'rauf an, so könnt Ihr nicht drei Mann über den Rinnstein führen! (Schlägt ihm auf die Hand.) So liegt die Sache! (Inzwischen sind eingetreten und haben sich teilweise zum Büffet begeben:)

4. Scene.

Frl. v. Redenbrock. Gertrud. Gretchen. Benno. Paul. Steinhart. Otto. Vorige.

Otto (zwischen Erich und Rudolf tretend). Streitet Ihr Euch wieder? Man hat den ganzen Abend nichts anders zu thun.

Unverkäufliches Manuscript.

als Euch auseinanderzuhalten. Geht und streicht Euch ein Butterbrod. (Während Erich zum Büffet geht, zu Rudolf.) Ich werde Dir heute einstweilen 100 Mark geben; hast Du daran genug?

Rudolf. Gewiß, lieber Otto. Herzlichen...

Otto. Ohne Redensarten, wenn ich bitten darf. Kannst Du mir schon sagen, wie viel Du für Deine Montirung brauchen wirst?

Rudolf. Ich wage es kaum.

Otto. Davon wird es nicht weniger. Heraus damit. Ich muß mich darauf einrichten.

Rudolf. Ja — 450 Mark wird die ganze Geschichte wohl kosten. Aber man könnte...

Otto. Erinnere mich am fünfundzwanzigsten noch einmal daran.

Rudolf. Du bist so gut, so...

Otto. Sei Du so gut und halte Dich jetzt an Speise und Trank; laß aber den andern auch etwas. (Geht zu dem Bowlentisch, an dem Ziegler allen die Gläser füllt.)

Rudolf (für sich, verklärt). Solch einen Bruder giebt es in der ganzen Welt nicht mehr! (Geht gleichfalls sein Glas füllen zu lassen.)

Steinhart (schickt sich zum Toast an). Meine Damen und Herren!

Erich (am Büffet). S—ßt! Der Herr Direktor will reden! (Man wirft sich gegenseitig Blicke zu.)

Steinhart. Meine Damen und Herren! — — Die unumstößliche, wenn auch für mich bedauerliche Wahrheit unter Ihnen der Aelteste zu sein, legt mir die angenehme Pflicht auf, den Gefühlen Ausdruck zu verleihen, die den männlichen Teil der Gesellschaft in Gegenwart so holder...

Rudolf (am Büffet beschäftigt, Steinhart den Rücken zukehrend). Entschuldige, liebe Hedwig, sind in diesem Salat Zwiebeln?

Hedwig. Aber Rudolf! (Man unterdrückt mühsam das Lachen.)

Steinhart (mit gehobener Stimme, stark geärgert). Wenn auch die heutige, von der unsrigen so sehr verschiedene Jugend, den Wert holder Frauen nicht zu schätzen weiß, wie es die alten Ritter...

Erich (läßt sein Messer fallen, zu Steinhart). Entschuldigen Sie. (Hebt das Messer auf.)

Steinhart (wütend). Erheben Sie mit mir Ihre Gläser und leeren Sie dieselben auf das Wohl der anwesenden Damen! (Alle führen die Gläser zum Munde, setzen sie aber erstaunt schnell wieder ab, und werfen einander verstohlene Blicke zu. Ziegler macht ein verzweifeltes Gesicht; Spielpause.)

Erich. Das ist wohl 'ne Absinthbowle?

Alle. Absinth?!

Ziegler (halb für sich). Daher dieser abscheuliche Fenchelgeruch!

Steinhart (sein Glas empört niedersetzend). Nehmen Sie es mir nicht übel, Herr Sanitätsrat, wenn ich das eine Rücksichtslosigkeit nenne, die...

Otto (tritt zwischen Steinhart und Ziegler). Bitte, bitte, Herr Musikdirektor!

Steinhart. Erlauben Sie mir. Das ist auch wieder eine so falsche europäische Höflichkeit zu jedem bösen Spiele gute Miene zu machen und bei offenbaren Angriffen noch den Liebenswürdigen zu spielen! — Gott sei Dank sind wir von der Musik anders! — Wenn der Herr Sanitätsrat glaubt, uns hier als Versuchsobjekte für neue Medikamente behandeln zu können, so...

Otto. Aber bester Herr Direktor! Hier kann doch nur ein Versehen stattgefunden haben, an dem der Herr Sanitätsrat unschuldig ist!

Erich (leise zu Rudolf). Kolossales Rauhbein, der Musikant.

Otto. Ich nehme die ganze Schuld auf mich und bitte die Herrschaften um Verzeihung. Meine Frau hat eine Cognakflasche herausgegeben, die ich ohne ihr Wissen beim Abfüllen von Absinth benutzte. Das ist alles. Fort mit der Bowle und her mit Wein! Liebe Hedwig, roten mit blauen Etiketten, weißen, gelb gesiegelt. (Während Hedwig rechts abgeht.) Wer jetzt noch unserem Freunde Ziegler oder mir zürnt, der ... der ...

Paul. Muß Absinthbowle allein austrinken!

(Alle lachen und sprechen lebhaft durcheinander, bis auf Steinhart, der am Büffet seinen Teller stark füllt, und sich dann hinten links setzt; später gesellen sich Erich und Rudolf zu ihm und hänseln ihn, indem sie ihm alle möglichen Speisen zutragen u. s. w. Rechts hinten setzen sich Fräulein von Redenbrock, Hedwig, Otto und Ziegler. Otto und später Hedwig wechseln wiederholt ihre Plätze, die andern zu bedienen. Paul, Benno, Gretchen und Gertrud gruppieren sich links.)

Gertrud (zu Paul). Nun höre endlich auf! — Du bist wieder unleidlich, Paul. — Ich warne Sie vor diesem Vetter,

Manuscript not for sale.

Herr Doktor. Brachten Sie noch einen Funken Deutschtum von Ihren Reisen zurück, so erröten Sie bei dem Anhören dieser Verstümmelungen unserer schönen Sprache.

Benno. Ich werde mir alle Mühe geben, gnädiges Fräulein.

Paul. Ha! Möchte seh... das möchte sehen — ich, wie Doktor errötet! Zauberhafter Genuß!

Gertrud. Natürlich! Du hast das längst verlernt und hältst alle andern für ebenso verderbt.

Gretchen. Sie müssen sich bessern, Herr von Albrechts=hoven. Wir sind nahe daran Sie in Acht und Bann zu erklären.

Paul. Oh! Begehe Selbstmord!

Gretchen. „Lege Gnädigsten demutsvolles Herz zu Füßen, „sklavenartig verharrend ergebungsvoller Verehrung" — brrr, schaudervoll.

Paul. Höchst schaudervoll!

Gretchen. Das Einsehen allein thut's nicht; bessern sollen Sie sich! — Und bis dahin, bis Sie die Autorität der deutschen Grammatik neu anerkennen und deren Regeln befolgen, soll eine Scheidewand zwischen Gertrud und mir einerseits und Ihnen andrerseits errichtet sein.

Gertrud. Bravo! bravo!

Gretchen. Tiefes Schweigen soll all Ihren Aeußerungen entgegengesetzt sein, sobald diese auch nur im geringsten gegen den heiligen Heyse verstoßen. Unsere Verzeihung soll Ihnen dann erst zu teil werden, wenn Sie nach stundenlanger tadel=loser Unterhaltung ohne zu stocken sagen können: „Meine Damen, „ich lege Ihnen mein Herz zu Füßen und bitte, ein demuts=„voller Sklave, um Ihre Gnade."

Gertrud (lachend). Herrlich, herrlich!

Paul. Werde, parole d'honneur, nochmal Schulbänke drücken — ich werde —

Gretchen. Auf Ehre —

Gertrud. Noch einmal —

Paul. In Schule —

Gretchen. In die Schule —

Benno. Gehen müssen. (Alle lachen.)

(Gretchen und Gertrud eilen der eintretenden Hedwig entgegen, der Emilie mit geöffneten Weinflaschen folgt. Otto füllt am Büffet die Gläser, die darauf von Emilie präsentiert werden.)

Benno (näher zu Paul rückend). Da haben Sie sich ja eine hübsche Stellung bei den übermütigen Mädchen geschaffen.

Paul. Haben recht! Soll anders werden. Muß Autorität wieder herstellen. Werde Fräulein Gretchen heiraten; abgekürztes Verfahren.

Benno. Na, na; nur keine Uebereilung. Und ob die Verheiratung gerade das richtige Mittel ist, dem Mann bei der Frau zu Autorität zu verhelfen, wollen wir unerörtert lassen. — Sie und heiraten! Was würde das Ballet dazu sagen?

Paul. Meinen Elli?

Benno Immer noch in ihren Banden?

Paul. Hm. — Könnten mir da kolossalen Dienst erweisen.

Benno. Jeden, der in meiner Macht steht.

Paul. Sache da — mit Elli — muß ein Ende nehmen.

Benno. Sie wollen mit ihr brechen? (Paul nickt.) Ist sie untreu?

Paul. Leider — nein.

Benno. Leider?

Paul. Untreue machte Geschichte einfacher.

Benno. Sie müssen doch Gründe haben?

Paul. Ja — hm, hm — widerstrebt mir — unehrlich zu sein.

Benno. Sie?! Unehrlich?!

Paul. Was hilft's? — Liebe Elli nicht mehr — kann nicht heucheln und — muß aufräumen, da entschlossen bin ordentlicher Mensch zu werden.

Benno. Wenn die Liebe verflogen ist, thun Sie recht daran, der Sache ein Ende zu machen. Aber was soll ich dabei thun?

Paul. Sehen Sie — muß mich doch mit Anstand aus der Affaire ziehen.

Benno. So erklären Sie sich Elli offen ...

Paul. Ich?! Selbst?! Unmöglich! Zuviel Gemüt beider-seits. Gehe selbst: Graziöses Pas seul; elegante Pirouette, Ohnmacht. Schlußtableau: Thränen, Kniefall, Reinfall, — ich falle wieder rein! Kenne mich, — Sie müssen gehen und mich aus diesen Fesseln befreien. Wie das zu machen ist, sage Ihnen später.

Benno. Sie wissen, daß ich Ihnen stets mit Vergnügen diene.

Paul. Wußte ja, daß Sie mein guter Engel sein werden. Wenn Sie mal brechen, geh ich).

Benno (lachend). Dazu werde ich Ihnen wohl kaum Gelegenheit bieten; indes — wer kann alles voraussehen.

Unverkäufliches Manuscript.

Wenn ich einmal Ihrer Hilfe bedarf... (Gretchen und Gertrud nähern sich.)

Paul. Verschreibe mich Ihnen für Himmel und Hölle! (Die Damen bemerkend, erheben sich beide.)

Gertrud. Warum verschreibst Du Dich dem Herrn Doktor für Himmel und Hölle?

Paul. Das ist ein Geheimnis.

Gertrud. } Ach!
Gretchen.

Gretchen. Geheimnisse hören wir zu gern!

Gertrud. Also erzählt es uns!

Paul. Staatsgeheimnis.

Gertrud. Laß Dich nicht auslachen!

Gretchen. Wir schweigen wie die Gräber!

Paul. Unmöglich!

Benno. Ja — eigentlich sehe ich nicht ein, warum wir die Damen nicht ins Vertrauen ziehen sollen.

Paul (erschrocken). Wa — was?!

Gertrud. } Ach ja!
Gretchen.

Benno. Warum soll ich es nicht sagen, daß Sie mir 10,000 Mark geben wollen...

Paul. Doktor! Sind Sie des Teu...!

Benno. Einen Unglücklichen aus schweren Fesseln zu befreien. (Paul, in Angst geraten, wischt die Stirn ab.)

Gertrud. Das ist das ganze Geheimnis?

Benno. Das ganze.

Gretchen. Reichen Sie mir die Hand. (Paul küßt ihr die Hand.) Sie helfen einem Unglücklichen und wollen das verschwiegen haben? Das ist schön gehandelt. — Hoffentlich trifft es einen Würdigen.

Paul. Einen s—sehr Würdigen.

Gertrud. Und dabei können beide das Lachen kaum unterdrücken. Komm, Gretchen, sie machen sich über uns lustig. (Laufen nach hinten.)

Benno. Ein reizendes Mädchen, Ihr Fräulein Cousine!

Paul. Finden, Freundchen?

Benno. Darüber kann doch kein Zweifel obwalten!

Paul. Da fällt mir ein: wieweit sind mit Heilanstaltsprojekten? Wollen sich nicht doch noch entschließen in Berlin zu bleiben?

Benno. Unter keiner Bedingung! Ich muß einen Wirkungs=

kreis haben, der findet sich in Konkurrenz mit 1200 Kollegen schwer. Sie sollten die Entwürfe Frischmuths für die Umwandlung des alten Schlosses in ein Kurhaus sehen! Und die Lage! Oh, die Lage! Leichte Anhöhen, Nadelhölzer. Der aufgelegte Terrainkurort.

Paul. Terrainkurort?

Benno. Das allerneueste. Die Mineralquellen haben sich mehr oder weniger überlebt. — Während meiner Abwesenheit hat Herr Baurat Frischmuth alles ins reine gebracht. Er führt Bau und Einrichtung für eigene Rechnung aus und nach der Uebernahme habe ich ihm nur das hineingesteckte Kapital zu verzinsen.

Paul. Erwarte nichts anders von Schwiegervater. (Beide lachen.)

Otto (bei Steinhart, ruft). Meine Herren, wenn's gefällig ist, nehmen wir unsere Partie auf.

Hedwig. Wir Damen gehen ins Musikzimmer. Fräulein von Redenbrock singt uns den Trompeter. (Erich und Rudolf mit Gebärden des Schreckens links ab.)

Steinhart (für sich). Erst eine vergiftete Bowle, dann ein Attentat auf mein Gehör? Und das nennen diese Leute eine gemütliche Tasse Thee!

Redenbrock (pikiert). Was beliebt dem Herrn Direktor?

Steinhart. Mir? O, nichts. — Ich meinte nur, das gnädige Fräulein sollte so spät nicht mehr singen.

Redenbrock. Und weshalb nicht?

Steinhart. In den Berliner Häusern sind in der Regel nach zehn Uhr alle Ruhestörungen verboten.

Otto (Steinharts Arm schnell nehmend). Kommen Sie, Herr Direktor; die andern werden ungeduldig.

Steinhart (mit Otto links abgehend, sehr laut). Ist in Ihrem Hause der Spektakel nach zehn Uhr nicht verboten?

(Paul, Benno, Steinhart, Otto links ab.)

Redenbrock (umgeben von Gertrud und Gretchen). Dieser Mensch ist und bleibt ein Grobian. Meine Tante, die verwittwete Excellenz Rebnitz, eine geborene Lobkoschütz, von den Kattowitzer Lobkoschütz, empfängt ihn nicht mehr.

Gretchen. Kommen Sie, gnädiges Fräulein. Ich bitte schön, singen Sie uns den Trompeter; wenn Sie erlauben, begleite ich.

(Frl. v. Redenbrock, Gretchen, Gertrud rechts ab.)

Manuscript not for sale.

5. Scene.

Hedwig. Ziegler.

Ziegler (noch einmal kopfschüttelnd die Bowle probierend, während sich Hedwig an dem Büffet beschäftigt). Das Singen sollte die gute Nedenbrock wirklich lassen.

Hedwig. Ich kann sie doch nicht hindern.

Ziegler. Du fordertest sie ja auf.

Hedwig. Lieber Onkel — willst Du Dich mit mir zanken?

Ziegler. Du scherzest.

Hedwig. So laß mich. — Ich komme heute aus dem Aerger nicht mehr heraus.

Ziegler. Ich denke der Friede war heute früh hergestellt?

Hedwig. Frieden? Der ist diesem Hause längst entflohen. Es ist höchstens noch hie und da ein Waffenstillstand.

Ziegler. Was hat ihn denn heute wieder aufgehoben?

Hedwig. Denke Dir, Otto und Erich sind zu Tisch nicht nach Hause gekommen.

Ziegler. Haben sie auswärts gespeist?

Hedwig. Sie gingen ins Weinhaus frühstücken und kehrten nicht zurück. Otto hat dort natürlich wieder eine „famose" Bekanntschaft gemacht, die ihn bis 4 Uhr fesselte.

Ziegler. Wer ist es denn gewesen?

Hedwig. Ein Rittergutsbesitzer aus Pommern. Nach Erichs Beschreibung ein überaus liebenswürdiger Herr. Auch muß es arg hergegangen sein. Erich goß dem Fremden ein Glas Wein über dessen hellen neuen Ueberzieher und der Herr nahm das in so reizend entschuldigender Weise auf, daß Erich, seiner Behauptung nach, sehr bedauerte, nicht ein zweites nach= gießen zu können.

Ziegler. Das muß freilich ein Gentleman sein.

Hedwig. Natürlich wird die Bekanntschaft nachts im Löwenbräu befestigt. — Aber, Onkel, (sie tritt zu ihm) daraus wird nichts! Ich lasse Otto heute nicht mehr fort!

Ziegler. Was willst Du thun? Der Gesang da drinnen, die Fenchelbowle und die Grobheiten Steinharts müssen Deinem Manne das Haus verleiden und seine Flucht rechtfertigen.

Hedwig. Hör einmal — Onkel — ich sagte Dir schon heute morgen, daß ich einen Plan habe, wie ich Otto wieder ans Haus fesseln könnte, wenn Du mich unterstützen willst.

Ziegler. Laß hören.

Hedwig. Du mußt Otto krank werden lassen.

Ziegler. Hedwig!

Hedwig. Erschrick nicht; es ist nichts Böses dabei.

Ziegler. Das ist ein geradezu strafbarer Gedanke.

Hedwig. Wenn man dabei gleich an schleichende Gifte oder dergleichen denkt, freilich; aber hoffentlich hältst Du mich für keine Giftmischerin.

Ziegler. So erkläre Dich deutlicher. Mir ist ordentlich angst geworden.

Hedwig. Nicht wahr, meines Mannes angebliche Krankheitserscheinungen beruhen nur auf Einbildung?

Ziegler. Nur.

Hedwig. Wenn wir ihn einmal darin bestärkten?

Ziegler. Was heißt das?

Hedwig. Meine Wünsche sind so leicht zu erfüllen, sobald — sobald —

Ziegler. Nun? Sobald?

Hedwig. Sobald Du Otto irgend eine seiner vielen eingebildeten Krankheiten bestätigst und ihm dann eine Kur vorschreibst, die in dem „Zuhausebleiben" gipfelt.

Ziegler. Und Du bist so naiv zu glauben, daß Dein kluger Mann hierauf „reinfällt"?

Hedwig. Auf nichts anderes — hierauf sicher.

Ziegler. Und die Folgen?

Hedwig. Welche Folgen?

Ziegler. Dein Plänchen macht der weiblichen Erfindungsgabe alle Ehre; aber weiter denkst Du nicht. Gesetzt, ich ginge auf Deinen Wunsch ein und Otto durchschaut die List, so...

Hedwig. So wird er herzlich über einen mißlungenen Scherz lachen.

Ziegler. Na, na.

Hedwig. Verlaß Dich darauf. Er wird jedoch an den wahren Sachverhalt gar nicht denken; ich kenne meinen Mann und seine Schwächen.

Ziegler. Einmal muß er die Wahrheit doch erfahren. Oder soll ich ihn bis an mein Lebensende in dem Wahn erhalten, daß er krank sei, damit er von meinem Nachfolger erfahre wie ich ihn düpierte? Die Geschichte kann mich in den Ruf eines Charlatans oder Ignoranten bringen.

Hedwig. Gott, seid Ihr Männer schwerfällig! Du dichtest Otto eine Krankheit an oder noch besser, einen angeborenen Fehler, der für ihn den solidesten Lebenswandel nötig macht,

Unverkäufliches Manuscript.

wenn er ein spätes Alter erreichen will; und das will er! Er bleibt also zu Hause...

Ziegler. Gezwungen, das unterschätze nicht.

Hedwig. Er lernt die Annehmlichkeiten der eigenen Häuslichkeit...

Ziegler. Verschönt durch einen Steinhart, eine Rebenbrock...

Hedwig. Die zärtliche Fürsorge von Frau und Tochter von neuem schätzen. Ihr unterrichtet mich in Eurem geliebten Skatspiel...

Ziegler. Wer könnte da noch widerstehen!

Hedwig. Du sollst sehen, Onkelchen, in wenigen Monaten hast Du den Frieden in der Familie durch die unschuldige List wieder hergestellt und mich zu der glücklichsten Frau gemacht!

Ziegler. Das sollte mich freuen; aber — eine innere Stimme warnt mich, auf Deine Lockung einzugehen.

Hedwig. Nun, so laß es! Sprich aber nie wieder von Deiner Liebe zu mir! — Eine Kleinigkeit, eine geringe Gefälligkeit Deinerseits könnte hier so viel Gutes stiften und Du... Du... (weint).

Ziegler. Jetzt auch noch schweres Geschütz. — Nur ruhig, ruhig — ich will mir die Sache überlegen.

Hedwig. Laß es nur. (Weint.) Ich werde mein Unglück zu tragen wissen. — — Es hat ja alles ein Ende — — auch die trostlose Leere meines Daseins wird durch den Tod...

Ziegler (ärgerlich). Immer diese Uebertreibungen! Das ist entsetzlich! — Ich will — ich will Deinen Vorschlag prüfen. (Hedwig weint heftiger.) — — Ich will darauf eingehen!

Hedwig. Siehst Du?! Das wußte ich! Ich kenne Dein gutes Herz! — Was verlange ich denn auch? Du sollst nur einer Behauptung Ottos nicht widersprechen; nicht weiß nennen, was er durchaus schwarz haben will. Gott! Es ist doch alles so einfach! Sage ihm jetzt gleich, bevor er fortgeht, daß er — daß er etwas blaß erscheine; das genügt, um ihn an die tabes dolorosa, von der Du heute vormittag sprachst, glauben zu lassen. Dann sagst Du ihm, daß die ganze Sache ungefährlich sei, daß er aber zu Hause bleiben müsse und daß...

Ziegler. Uebernimmst Du die Verantwortung?

Hedwig. Mit Freuden! Jede!

Ziegler. So will...

6. Scene.

Vorige. Steinhart. (Dann) Emilie.

Steinhart (von links, wütend). Da danke ich denn doch! Wenn die Herren das Spiel ein Vergnügen nennen...

Hedwig. Aber, bester Herr Direktor, was ist denn geschehen?!

Steinhart. Spielen Sie Skat, gnädige Frau?!

Hedwig. Nein.

Steinhart. Nun, gnädige Frau, dieser adelige Herr auch nicht; aber er thut's dennoch! Da können Sie ja am besten beurteilen was dabei herauskommt! (Emilie tritt von rechts herein und läßt die Thür offen; man hört den Gesang des Fräuleins von Redenbrock.) Auch von dorther noch ein Attentat?! Gnädige Frau, ich bin der harmloseste Mensch, aber... (er eilt nach der Thür links und schlägt sie zu; gleichzeitig verstummt der Gesang).

Emilie. Der Wagen von Albrechtshovens ist gekommen.

Hedwig. So melde es dem Herrn.

(Emilie links ab.)

Steinhart. Die Leute wohnen in der Tiergartenstraße, nicht wahr?

Hedwig. „Frau von Albrechtshoven" wohnt dort.

Steinhart. So kann er mich erst nach Hause fahren.

Ziegler. Trotz des schlechten Skatspielens?

Steinhart. Seinem Kutscher wird man sich hoffentlich anvertrauen können.

7. Scene.

Hedwig. Ziegler. Steinhart. Otto. Paul. Erich. Rudolf. (Die Eintretenden in lebhafter Unterhaltung.) **Emilie.** (Emilie, die zuletzt links auftritt, geht rechts ab und läßt die Thür offen, gleichzeitig hört man den Gesang. Erich schließt eilig die Thür, gleichzeitig verstummt der Gesang.)

Otto (zu Ziegler). Was wird aus Ihnen? Benno nehmen wir mit.

Ziegler. Der sollte gescheiter sein und nicht vergessen, daß er eben erst genesen ist.

Benno (lachend). Mein Arzt hat mir das bairische Bier während der Rekonvalescenz besonders empfohlen.

Manuscript not for sale.

3*

Paul (zu Hedwig). Gnädige Frau — war wieder ein reizender Abend — darf nun wohl dringend bitten, meiner Mama recht bald Freude des Besuchs zu machen.

Hedwig. Drücken Sie, bitte, Ihrer verehrten Frau Mutter mein herzliches Bedauern aus. Ich werde mich morgen persönlich nach ihrem Befinden erkundigen kommen.

Paul. Werden große Freude bereiten — uns.

8. Scene.
Vorige. Gertrud. Emilie.
(Die Thür bleibt wieder offen und man hört den Gesang.)

Hedwig. Allein, liebe Gertrud? Wo bleibt Gretchen?

Gertrud (lachend). Noch engagiert, gnädige Frau; ich sagte den Damen schon adieu. Fräulein von Redenbrock ist erst beim zweiten Liede und läßt Gretchen nicht los.

Otto (lachend). Da hast Du noch lange Gesellschaft, Hedchen.

Gertrud. Auf Wiedersehen, gnädige Frau. Herzlichen Dank. (Reicht Hedwig die Hand.)

Hedwig. Auf Wiedersehen.
(Der Gesang verstummt.)

Paul. Adieu, Herr Musikdirektor. Haben mir gestochene Zehn verziehen?

Steinhart. Ich werde Sie begleiten, Herr Baron, und Ihnen bei der Fahrt beweisen, daß der Fehler unverzeihlich ist.

Paul. Werde ungemein dankbar sein. Wohin darf Kutscher befehlen?

Steinhart. Pappelallee 187.

Paul. Papp... Pappe...?!

Steinhart. Wenn es für Sie zu weit ist, so kann ich alter Mann ja zu Fuß gehen.

Paul. Bitte sehr, Herr Direktor! Außerordentliche Ehre; sind ja kaum sieben Kilometer. (Zu Otto, leise.) Fahre Menschen nach meinem Hause und setze ihn dort in Droschke.

Otto. Recht so. (Lacht und drückt Paul die Hand.)

Gertrud. Gute Nacht, Herr Baurat. (Reicht Otto die Hand.)

Paul (zu Ziegler). Empfehle mich, Herr Sanitätsrat.

Steinhart. Gute Nacht, Herr Sanitätsrat. Ihre Absinthbowle — hä, hä, hä! (Lacht ziemlich roh.)

Hedwig (zu Rudolf, der ihr die Hand küßt). Nimm Dir eine Droschke.

Rudolf. Der Herr Baron nimmt mich mit und setzt mich am Potsdamer Bahnhof ab.

Paul. Habe mir Vergnügen ausgebeten, gnädige Frau.

Rudolf. Ich kann ja auf dem Bock sitzen.

Paul. Ah, bah! Haben alle Platz. Aber nun, wenn ich bitten darf?

Benno (zu Otto). Ich hole meinen Ueberrock und erwarte Sie unten, Herr Baurat. (Zu Hedwig.) Gute Nacht, gnädige Frau. (Paul, Gertrud, Steinhart, Rudolf, Benno, Emilie durch die Mitte ab; Erich hat sich inzwischen am Büffet ein Butterbrod gestrichen. Otto rechts ab.)

9. Scene.

Hedwig. Ziegler. Erich (am Büffet).

Hedwig (zu Ziegler). Jetzt holt er Cigarren aus dem Bureau und dann sehe ich ihn bis morgen vormittag zehn Uhr nicht wieder!

Ziegler. Laß ihn gehen, Kindchen, und vermeide den Zwist.

Hedwig. Er vermiede ihn, wenn er bliebe! Willst Du Dein Versprechen nicht halten?!

(Erich horcht auf.)

Ziegler. Es wäre besser, wir unterließen das Attentat.

Hedwig. So habe ich also keinen wahren Freund! Alles verläßt mich; gut. Ich werde...

10. Scene.

Vorige. Otto.

Otto (mit Hut und Ueberrock, zu Ziegler). Da sind Sie ja noch. Mein Frauchen führt bittere Klage über ihren Mann?

Hedwig. Wie unzart, Otto.

Otto. Nicht? Um so besser. Also, Sanitätsrat, noch ist es Zeit. Kommen Sie mit?

Ziegler. Meine alte Rieke schlösse kein Auge, wenn sie mich nachts außer dem Hause und nicht bei einem Krankenbesuch wüßte.

Hedwig. Das thut ein Dienstbote, Otto und...

Unverkäufliches Manuscript.

Otto (küßt Hedwig, lachend.). Und Frauen sind vernünftiger. Adieu, Herz. Auf morgen, alter Freund. (Geht der Thür zu.)

Erich (leise zu Hedwig). Erhalte ich die zwanzig Mark Vorschuß?

Hedwig. Keinen Pfennig.

Erich. Du wirst es bereuen. Adieu.

Hedwig. Wann kommst Du?

Erich. Gar nicht mehr!

Hedwig. Ach geh!

Erich (reicht Ziegler die Hand). Gute Nacht, Onkel Ziegler. (Geht nach der Mitte.)

Ziegler. Gute Nacht, mein Junge.

Hedwig. Onkel, Onkel! Jetzt oder nie!

Ziegler. Ja... wenn...

Hedwig. Ich beschwöre Dich!

Ziegler. Nun, denn... He! Frischmuth!

Otto (an der Thür). Was beliebt?

Ziegler. Auf ein Wort.

Otto (zurückkehrend). Womit kann ich dienen?

Ziegler. Kommen Sie näher — einen Augenblick; hierher — ans Licht, bitte.

Otto. Was haben Sie —?

Ziegler. Es schien mir — ich täusche mich vielleicht.

Otto. Worin —?

Ziegler. Sieh Du einmal, Hedwig. Es will mir scheinen, als ob sich die Farbe Ottos verändert habe?

Hedwig (zögernd). Allerdings.

Otto. Meine Farbe geändert —? (Legt Hut und Stock fort.) Und Ihr seht es beide?

Hedwig. Du siehst so — so gelb aus.

Ziegler. Gelblich.

Erich. Wenn der gelb aussieht, bin ich grün.

Hedwig. Das bist Du auch! Sehr grün!

Ziegler. Sie sprachen heute morgen von eigentümlichen Erscheinungen, die Sie gestern an sich beobachtet haben wollen.

Otto. Und Sie glauben, daß mein jetzt krankhaftes Aeußere darauf zurück zu führen ist?

Ziegler. Immerhin auf eine Störung der...

Otto. Da haben wir ja die Bescheerung! Jetzt werdet Ihr mir wohl endlich glauben müssen! (Hedwig kann ihre Freude nicht bemeistern und wendet sich ab, was Erich bemerkt.) Wieviel Zeit geben Sie mir noch, Ziegler?

Ziegler. Unsinnige Frage!
Otto. Es ist also wirklich diese tabes?! Wie?!
Ziegler. Keine Rede davon! (Faßt seinen Puls.) Eine kleine Indisposition. — Sie haben Herzklopfen —?
Otto. Fürchterlich!
Ziegler. Nur ruhig. Es ist die Aufregung des Augenblicks. Leiden Sie ab und zu daran?
Otto. Immer!
Ziegler. Hm. — Warum sprachen Sie nie davon?
Otto. Sie würden es mir ja doch nicht geglaubt haben.
Ziegler. Holen Sie einmal tief und kräftig Atem.
Otto. Nur jetzt nicht! (Versucht aufzuatmen und gerät in Aufregung.) Es ist ganz unmöglich! Was hat dies Herzklopfen zu bedeuten?! Ich habe es immer gesagt, ich bin totkrank!
Ziegler. Ihre Phantasie arbeitet schnell.
Otto. Ich kann also jeden Augenblick niederfallen und meinen Geist aufgeben?!
Ziegler. Das können wir alle. Bei vernünftiger Lebensweise...
Otto. Was nennen Sie vernünftige Lebensweise?
Ziegler. Mäßigkeit in allen Dingen.
Erich (für sich). Aha! Darauf soll's hinaus.
Otto. Es giebt keinen solideren Menschen als mich!
Ziegler. Beschränkung der Nachtwachen, geringeres Maß in der Bierkonsumtion —
Erich (für sich). Das ist der Zweck. — So soll ich Dich bei Herrn von Albrechtshoven entschuldigen, Schwager?
Ziegler. Weshalb? Wir haben hier doch keinen Todeskandidaten vor uns? Gehen Sie ruhig ins Löwenbräu...
Ott Nein, mein Freund, jetzt müssen diese konsequenten Beschönigungen ein Ende haben. Es ist sehr liebenswürdig von Ihnen, daß Sie mich über meinen Zustand beruhigen wollen, nachdem Sie sich doch offenbar jahrelang darüber täuschten.
Ziegler (zu Hedwig). Da haben wir es schon!
(Hedwig lächelt Ziegler zu, Erich bemerkt es.)
Otto. Von einem Ausgang wird heute nichts mehr. (Hedwig triumphiert, Spiel Erichs, der alles durchschaut.) Ich ziehe mich sogleich zurück und bitte Sie, mir zu folgen, damit wir sofort den Umfang und die Art meines Herzfehlers feststellen. (Zu Erich.) Entschuldige mich also bei den Herren; besonders bei unserm Freunde aus Pommern von heute morgen. Natürlich

Manuscript not for sale.

kann aus der besprochenen Bauleitung nichts werden und ich empfehle ihm dafür den Kollegen Schmidt. Schade, es hätte ein hübsches Geschäft werden können. (Ziegler sieht Hedwig mit bedeutungsvollem Kopfschütteln an, zu Erich.) Adieu, mein Junge. (Geht einige Schritte nach links, bleibt stehen.) Und, sobald Du uns wieder besuchen willst — schreibe vorher.

Erich. Damit Ihr mir abschreiben könnt.

Otto. So war es nicht gemeint; aber...

Erich. Schon gut. Ich wünsch' Dir gute Besserung. (Otto und Ziegler links ab.)

10. Scene.

Hedwig. Erich.

Hedwig (die ihre Freude immer noch nicht ganz unterdrücken kann). Auf Wiedersehen, lieber Erich.

Erich (gedehnt). Auf Wiedersehen. (Hedwig nimmt ihr Schlüsselkörbchen und will nach rechts. Erich ruft.) Hedwig!

Hedwig (an der Thür). Wünschest Du noch etwas?

Erich (setzt die Mütze auf und nimmt sehr würdevolle Haltung an). Ich bin Dein Bruder. — Seit Papas Tode das einzige männliche Mitglied unserer Familie.

Hedwig (erstaunt näher kommend). Was soll das heißen?

Erich. Als solches ist es meine Pflicht Dir zu sagen, daß Du Dich schämen solltest.

Hedwig (erschrickt). Erich!

Erich (halblaut, eindringlich, jedes Wort ziehend). Du — soll—test — Dich — schä—men.

Hedwig. Was fällt Dir denn ein?!

Erich. Der Arzt macht Dir Mitteilung von schwerer Erkrankung Deines Gemahls, meines Herrn Schwagers, und Du scheust Dich nicht darüber zu frohlocken? Oh! —

Hedwig (aufatmend, für sich). Ach so. — Ich versichere Dich...

Erich (abwehrend). Glaubst Du, daß ich es nicht bemerkte, wie Du Dich lachenden Antlitzes abwandtest? — Das muß ich an meiner dritten Schwester erleben! Oh! —

Hedwig. Aber Junge! Das ist...

Erich. So wahr der Sanitätsrat Doktor Ziegler bei Deinem Manne einen Herzfehler konstatierte, so wahr konstatiere ich bei Dir Herzlosigkeit. (Er stützt die Linke auf den Tisch, die Rechte in die Hüfte und setzt den linken Fuß über den rechten.) Und jetzt, liebe Hedwig — ersuche ich Dich ganz ernstlich um einen Vorschuß von Reichsmark zwanzig.

Hedwig (gezwungen ihr Portemonnaie aus dem Körbchen ziehend). Sage mir nur, um Gotteswillen, wozu Du sie brauchst?

Erich. Ich muß meinen unglücklichen Schwager von dem geheimen Rat Fabrizius, dem Specialisten, untersuchen lassen.

Hedwig (sehr ärgerlich zwanzig Mark auf den Tisch legend). Da sind zwanzig Mark! (Will gehen.)

Erich (ruhig, mit vielem Humor). Gieb mir dreißig.

Hedwig (wütend zehn Mark hinzulegend). Dreißig! Unerhört! (Eilig rechts ab.)

Erich (nachrufend). Besten Dank! Adieu, Schwesterchen! Pflege nur Otto sehr!

(Der Vorhang fällt.)

(Ende des zweiten Aktes.)

Unverkäufliches Manuscript.

Dritter Akt.

Zimmer des ersten Aktes.

1. Scene.

Otto. Ziegler.

Otto (empfängt Ziegler an der Thür, feierlich, mit verstecktem Humor). Willkommen, Herr Sanitätsrat. — Bitte, nehmen Sie Platz. (Beide setzen sich. Ziegler an den Zeichentisch.)

Ziegler. Sie thun so feierlich?

Otto. Eine ernste Geschichte bietet den Anlaß zu meiner Bitte um Ihren Besuch.

Ziegler. Zeigten sich neue Symptome bei Ihnen? (Nimmt Ottos Puls.)

Otto. Ja. — und deshalb wollte ich von Ihnen hören, ob Sie gegen eine Konsultation des geheimen Rates Fabrizius etwas einzuwenden haben würden?

Ziegler (unangenehm berührt). Halten Sie das wirklich für nötig?

Otto. Es wäre Ihnen also nicht lieb?

Ziegler. Hm — gerade Fabrizius. — Er ist Optimist; er wird Ihnen kaum die Wahrheit sagen.

Otto. Ein Arzt — und nicht die Wahrheit? Hat man das?

Ziegler. Einem Patienten gegenüber kann man leicht in die Lage geraten mit der Wahrheit zurückhalten zu müssen.

Otto. So. — Wer bürgt mir demnach für die Wahrheit Ihrer Auslassungen mir gegenüber, hinsichtlich der Konstruktionsfehler meines Herzens?

Ziegler (gereizt). Sie sagen das so eigentümlich — mit einem Lächeln — das ich fast malitiös nennen möchte.

Otto. Die Erwähnung von Fabrizius hat Sie verletzt?

Ziegler (ärgerlich). Ach was! Früher wollten Sie es

niemals glauben, daß Sie gesund seien, und jetzt hegen Sie Zweifel an Ihrer verfehlten Konstruktion! Man kann's Ihnen niemals recht machen!

Otto. Ich sah Ihren Unwillen voraus, alter Freund, und in richtiger Würdigung der erwarteten Opposition, machte ich den Besuch bei Ihrem Kollegen ohne Sie.

Ziegler (springt auf). Das ist ... das ist hinterlistig!

Otto. Er klopfte, wie Sie des öfteren, eine Viertelstunde an mir herum und kam zu dem Resultat, daß ich unheimlich normal und gesund konstruiert sei! — Für den Arzt ein so uninteressanter Mensch wie nur irgend möglich.

Ziegler. Fabrizius ist Optimist, ich sagte es Ihnen!

Otto. Da stehe ich nun zwischen zwei „Gelehrten", von denen der eine das Gegenteil von dem behauptet, was der andere wahr haben will. Die Diagnose Ihres Kollegen lautete nur in einem Punkte auf Schwäche.

Ziegler. Also Schwäche giebt er doch zu? Diese Ausreden kennt man.

Otto. Sie sei aber nicht im Herzen zu suchen, sondern höher, falls ich der Diagnose des ersten Arztes Glauben schenken wollte. (Deutet auf die Stirn.)

Ziegler. Oho! Frischmuth!

Otto. Ich bin ja Laie; ich verstehe davon nichts; aber einige Kenntnis der Dinge werden Sie Ihrem Kollegen Fabrizius nicht absprechen?

Ziegler. Differenzen in ärztlichen Beurteilungen können vorkommen.

Otto. Das glaube ich Ihnen, und deshalb faßte ich einen heroischen Entschluß.

Ziegler. Und welchen?

Otto. Ich benutze die Anwesenheit der Aerzte zu der jetzt hier tagenden Naturforscherversammlung und lasse mich von jedem Einzelnen untersuchen. Die Majorität entscheidet.

Ziegler. Wohl bekomm's Ihnen.

Otto (erhebt sich). So geben Sie mir also ein Attest.

Ziegler. Welch ein Attest?

Otto. Ueber Ihren Befund meines zerrütteten Daseins. Beide Gutachten, das Ihrige und das von Fabrizius, lege ich dem Kongreß vor.

Ziegler. Lassen Sie mich das Gutachten des Kollegen sehen.

Manuscript not for sale.

Otto. Schlaukopf! (Lachend.) Sobald Sie geschrieben haben!

Ziegler (unschlüssig). Hören Sie, Frischmuth, Ihr Vorhaben macht uns alle zusammen zu einer Beute der Tagespresse.

Otto. Sie werden Sieger über einen der bedeutendsten Fachgelehrten und kommen ins Konversationslexikon! Was gäbe es Ergötzlicheres als den Streit zwischen Gelehrten! Schreiben Sie! (Er legt ihm die Schreibutensilien zurecht.)

Ziegler. Ich... ich — es geht nicht!

Otto. Ich muß aber das Gutachten haben!

Ziegler (ausweichend). Ich mag den Kollegen Fabrizius nicht kompromittieren.

Otto. Darauf kann ich keine Rücksicht nehmen. — Setzen Sie sich und schreiben Sie. (Er schiebt ihm eine Feder in die Hand und diktiert.) „Ich Wilhelm Georg Ziegler, Sanitätsrat —"

Ziegler (wirft die Feder fort). Frischmuth! Sie machen sich über mich lustig! Hedwig hat geplaudert!

Otto. Sie sprechen in Rätseln?

Ziegler. Ach was, lassen wir jetzt die Alfanzereien!

Otto. Sie geben also zu, mein Herr, sich zum Zweck einer Verschwörung gegen mich mit Hedwig verbunden zu haben?

Ziegler. Verschwörung! Es sollte Ihnen nicht ans Leben gehen!

Otto. Aber an meine Ruhe und Bequemlichkeit! O Ziegler! — Ich weiß alles.

Ziegler. Hedwig hat gebeichtet, das kann ich mir denken.

Otto. Sie irren. Hedwig ist verstockter als Sie, und ihr gegenüber bedarf es anderer Mittel, sie zur Vernunft zu bringen. Sie, alter Freund, (klopft ihm auf die Schulter) werden mich unterstützen.

Ziegler. Vor allem sagen Sie mir: Waren Sie wirklich bei Fabrizius?

Otto. Ich war dort und er erklärte mich kerngesund.

Ziegler. So haben wir immerhin schon den Vorteil, Sie von Ihrer Krankheitsmanie geheilt zu wissen, denn Sie sind in der That unheimlich gesund, vorausgesetzt, daß Sie dem Kollegen und mir endlich Glauben schenken. Aber noch eins — nannten Sie Fabrizius meinen Namen?

Otto. Nein. Das habe ich mir noch vorbehalten, für den Fall Sie fortan nicht wollen wie ich will.

Ziegler. Was verlangen Sie?

Otto. Sie beharren in der mir gegenüber angenommenen Rolle . . .

Ziegler. So soll die arme Frau, die aus reiner Liebe zu Ihnen auf einen thörichten Gedanken fiel, noch weiter gequält werden?

Otto. Bis sie geheilt ist! Jawohl! Alles was zu viel ist, ist vom Uebel; auch zuviel Liebe verstimmt! Es handelt sich um die höchsten Interessen, ums Regiment. Einmal Nach=giebigkeit gezeigt und man ist verloren für immer. Nichts davon! Mein Frauchen soll all' die Konsequenzen kennen lernen, die ihre Schlauheit heraufbeschworen hat, ich inscenire sogar eine kleine Scheidung! Doktor Kriegsmann sucht schon nach einem passenden Paragraphen im Landrecht.

Ziegler. Den wird er schwerlich finden.

Otto. Da irren Sie: Kriegsmann ist ein ausgezeichneter Jurist. — S—st! Ich höre meine Frau. Fassen Sie an, schnell! (Hält ihm den Arm hin; Ziegler hält Ottos Puls.)

2. Scene.

Otto. Ziegler. Hedwig.

Otto (zu Hedwig). Da! Laß es Dir nur gleich von Ziegler sagen: Lachs ist Gift für mich, Butter ist Gift und beide Gifte bringst Du auf den Tisch!

Ziegler. Ich — ich sprach nur von dem Zuviel.

Hedwig. Wie geht es meinem Mann, Onkelchen? —

Otto. Miserabel.

Ziegler. Nun, nun; es wird sich ja alles wieder machen.

Otto. Jawohl, fürs Jenseits!

Ziegler (halblaut). Schrecklicher Mensch. — Vor allem Ruhe, beiderseits. (Nimmt Hut und Stock.) Ich muß zu den Patienten und spreche morgen wieder vor. (Durch die Mitte ab.)

3. Scene.

Otto. Hedwig.

Otto. Sag mir doch mal, liebes Kind, warum nennst Du den alten Ziegler Onkel? (Setzt sich an den Zeichentisch.)

Hedwig. Aber Otto! Seit meiner frühesten Jugend wird

Unverkäufliches Manuscript.

der beste Freund unseres Hauses von mir so genannt. Auch meine Geschwister ...

Otto. Beteiligten sich an dieser Kleinstädterei! Das sind so usurpierte Verwandtschaften, die einmal rechtlich die schönsten Verwirrungen hervorrufen können.

Hedwig. Wie wäre das wohl möglich?

Otto. Du wirst bei meinem Leiden nicht erwarten, daß ich mich auf lange Erklärungen einlasse, die mich aufregen und meine Gesundheit schädigen. Mir läge an dem kurzen Dasein nichts; aber ich habe Verpflichtungen gegen Dich, gegen Margarethe, gegen ...

Hedwig. Guter Otto; laß doch einmal diese Gedanken. Du wirst uns alle überleben ...

Otto. Jawohl, mit dem Irrtum im Herzen.

Hedwig. Und sollte uns wirklich das namenlose Unglück treffen Dich zu verlieren, so reicht ja das kleine Vermögen meiner Mutter hin ...

Otto. Die Schulden Erichs zu decken. Bei dem Leichtsinn des Jungen ...

Hedwig. Aber, Otto! Früher hast Du ihn doch ...

Otto. Liebe Hedwig — verbittere mir nicht noch die Stunden mit dem, was ich früher gethan habe. Du bist Frau und Mutter, voraussichtlich in kurzem Wittwe. Besäße ich irgend eine Garantie, daß Du Dich wieder verheiratest, (Hedwig will ihn unterbrechen) bitte, unterbrich mich nicht; besäße ich also eine Garantie, daß Du Dich wieder verheiratest und zwar mit einem Manne in günstigen Verhältnissen ...

Hedwig. Nein, Otto, das kann und will ich nicht anhören! Meine Liebe für Dich verbietet mir das!

Otto. Gut, sprechen wir von Deiner Liebe zu mir, mit deren Ausdruck ich mich auch keineswegs einverstanden erklären kann.

Hedwig. Wie?!

Otto. Ja, mein Kind. Du trägst den gegenwärtigen Verhältnissen keinerlei Rechnung. Du bist in all' Deinen Bewegungen zu — zu hastig — zu ungestüm. Du sprichst zu viel — auch Deine Kleidung ist nicht der Situation entsprechend. Du wählst die Farben viel zu hell. Kleide Dich mehr in grau — der Uebergang zu schwarz fällt Dir dann weniger schwer. (Emilie mit zwei Briefen durch die Mitte, die Thür bleibt offen.)

4. Scene.
Vorige. Emilie.

Otto (springt auf). Ist es denn wirklich nicht möglich, daß diese Person anklopfen lernt?! Das ist ja der reine Ueberfall!

Emilie. Nein, wie der Herr sich verändert hat! Herrje!

Hedwig. Schweig!

Otto. Nun ja, zankt Euch doch noch in meiner Gegenwart! Diese prächtige Emilie führt ja ohnehin hier das Wort. (Hedwig geht schnell links ab.) Die Mama hat sie geschickt, eine Perle von ... was wollen Sie?

Emilie. Hier sind zwei Briefe, Herr Rat. Beide aus Potsdam; gewiß vom jungen Herrn Erich.

Otto. Ersparen Sie sich und mir das überflüssige Geschwätz! „Briefe", das genügt; bis zwei zähle ich selbst und da ich sehe, was Sie bringen, können Sie die Meldung überhaupt unterlassen! Woher Briefe an mich kommen, geht Sie ohnehin nichts an und Ihre Forschungen danach sind nichts als verwerfliche Neugier. Merken Sie sich das. (Nimmt ihr die Briefe ab und legt sie auf den Zeichentisch.) Schließen Sie die Thür.

Emilie. Ab— schließen —?

Otto. Unsinn! Zumachen sollen Sie!

Emilie (schließt die Thür). Ach so!

Otto. Alles lassen Sie hinter sich offen und verursachen einen Zug, daß man in die Lüfte fahren könnte! Die Untugend müssen Sie sich abgewöhnen.

Emilie. Bei der Frau Majorin mußten die Thüren immer geöffnet bleiben.

Otto. Sind Sie hier bei der Frau Majorin?! So gehen Sie doch wieder zu ihr! — (Ueberreicht ihr eine Zeichnung in plano.) Da, fassen Sie an; vorsichtig. Bringen Sie das zum Herrn Friedrich. Ich ließe ihn bitten die Farben aufzusetzen — und das Motto möchte er nicht vergessen.

Emilie (hält mit ausgestreckten Armen die Zeichnung). Was soll er machen?

Otto. Das Motto soll er nicht vergessen!!

Emilie. Herr Gott! Ich höre doch noch!!

Otto. Es scheint nicht!! (Emilie rechts ab. — Otto lacht.)

Manuscript not for sale.

5. Scene.

Otto (allein).

Otto (setzt sich an den Zeichentisch). Ich mache zweifellos haarsträubenden Eindruck. Das ganze Haus zittert vor mir. Wer hätte sich meine Anlagen zum Tyrannen jemals träumen lassen! (Lacht.) Mein Frauchen gäbe Gott weiß was darum, wenn ich gesunden wollte — — aber ich will nicht — wenigstens doch nicht bis die Krisis bei ihr eintritt. (Erichs Briefe betrachtend.) Sie sind richtig beide von Erich. Laß sehen, was er schreibt. (Oeffnet einen Brief; liest.) „Lieber Otto! Will „Dir nur mitteilen, daß Urlaub in den nächsten Tagen ungewiß. „Bin begierig zu erfahren, wie Herzfehlerkur bei Hedwig an- „schlägt. Ganze Sache kapitaler Scherz". — Kapital für den Jungen! — „Bist hoffentlich konsequent geblieben; sagte Dir „immer, daß so mit meiner Schwester nicht durchkommst." — Solch ein Grünling! — „Kannst Dich freuen, daß ganzen „Schwindel sofort durchschaute; bist mir kolossalen Dank „schuldig. — Sehe eben, daß mein Portepée niederträchtig „schwarz und lückenhaft geworden, muß neues haben. Giebt „zwei Sorten; zu sieben Mark fünfzig und zu zehn. Vorteil= „hafter, wenn besseres kaufe. Kannst mir wohl Lappalie vor= „schießen; bitte Dich aber fünf Pfennig Bestellgebühr mit ein= „zuzahlen, ärgere mich immer, wenn Postschwede Zehnmarkstück „wegen fünf Pfennig zerkleinert und plebejisches Silber zahlt. „Gold hält sich auch besser, so lange unangerissen. Im übrigen „geht es mir gut; wie auch anders möglich bei königlich „preußischem Fähnrich, dem Himmel und leeres Portemonnaie „stets offen stehen." — (Nimmt Papier und Feder und schreibt.) Lieber Erich! Da Dein Besuch, wie Du schreibst, einstweilen nicht abzusehen ist, so schicke ich Dir die gewünschten zehn Mark mittels Postanweisung. Thu mir aber den Gefallen und schreibe wegen des Portepées sogleich auch an Hedwig; es wird Dir ja auf zehn Mark nicht ankommen. Im übrigen lege ich Dir die sorgfältigste Bewahrung unseres Geheimnisses ans Herz. —

6. Scene.

Otto. Hedwig.

Otto. Hier ist ein Brief für Dich. (Ueberreicht ihr den Brief ohne aufzustehen.)

Hedwig. Ich danke Dir. — Er ist von Erich. (Sie kommt vor und öffnet den Brief.)

Otto. Darf man wissen, was er schreibt?

Hedwig (liest.) „Liebe Hedwig! Will Dir nur mitteilen, „daß Urlaub in den nächsten Tagen ungewiß. Bin begierig „zu erfahren, wie Herzfehlerkur bei Otto anschlägt. Behandle „ihn nur recht zart. — Sehe eben, daß mein Portepée nieder=„trächtig schwarz und lückenhaft geworden, muß neues haben."

Otto. Entschuldige einen Augenblick. (Zerreißt seinen an Erich gerichteten Brief; für sich.) Das hätte ich mir sparen können. — Bitte, lies doch weiter.

Hedwig (liest). „Giebt zwei Sorten; zu sieben Mark „fünfzig und zu zehn Mark. Vorteilhafter wenn besseres kaufe. „Kannst mir wohl Lappalie vorschießen; bitte Dich aber fünf „Pfennig Bestellgebühr mit einzuzahlen; ärgere mich immer, „wenn Postschwede Zehnmarkstück wegen fünf Pfennig zerkleinert „und plebejisches Silber zahlt. Gold hält sich auch besser, so „lange unangerissen. — Habe hier famose Bekanntschaft gemacht. „Fabrikbesitzerstochter, steinreich . . . " Empörend! „Kleine „liebt mich kolossal; merke für später vor. — Also noch einmal, „pflege Otto und schicke zehn Mark Deinem treuen und wohl=„affektionierten Bruder Erich." —

Otto. Bei solchen Aussichten wirst Du Deinen Bruder hoffentlich nicht im Stich lassen.

Hedwig. Woher soll ich das Geld nehmen? — Seitdem Du das Wirtschaftsgeld so stark herabgesetzt hast . . .

Otto. Nur keine Vorwürfe, liebes Kind. — Erhältst Du nicht genug Wirtschaftsgeld, so müssen wir uns noch mehr ein-schränken, damit nicht unsere Zukunft unter dem zu kostspieligen Leben leidet. Ich werde freilich keine mehr haben; aber Ihr, Du und Gretchen, Ihr steht als ewige Mahnung vor mir. — Da Erich durchaus Offizier werden sollte . . . (Rudolf tritt durch die Mitte ein.) Da; noch ein Hilfsbedürftiger.

7. Scene

Hedwig. Otto. Rudolf.

Rudolf. Guten Tag, liebe Hedwig. (Küßt ihr die Hand.) Guten Tag, lieber Otto. (Reicht ihm die Hand.) Du, hör' mal; ich hab' neulich ein langes und breites mit unserm Doktor über Deinen Zustand gesprochen.

Unverkäufliches Manuscript.

Otto. Und was sagte er?

Rudolf. Nach meiner Beschreibung, meinte er, sei einstweilen nichts zu befürchten. Du sollst viel spazieren gehen und nicht zu viel arbeiten. Leichte Anhöhen mußt Du steigen und bestimmte Gerichte mußt Du vermeiden; zum Beispiel: zerlassene Butter, Lachs und andere fette Sachen.

Otto (zu Hedwig). Na, da hörst Du's ja.

Hedwig (gereizt). Du solltest Dich damit an mich wenden, lieber Rudolf; oder an Gretchen, die den Tisch besorgt. Uebrigens ist Ottos Befinden keineswegs derart, daß er auch beim Essen solche Vorsicht anwenden müßte.

Otto (steht auf). Erlaube mir, mein Kind; diese Zurechtweisung hat mein Bruder doch wahrlich nicht verdient. Ich finde in seiner Rücksprache über mein Befinden mit allen möglichen Leuten nur brüderliches Interesse. — Was führt Dich eigentlich heute zu uns, teurer Bruder?

Rudolf. Halte mich nicht für unbescheiden — ich sollte Dich am 25. erinnern — heute ist der 25.

Otto. Hm — — ja — setz Dich. (Rudolf setzt sich links, Hedwig rechts.) Sieh, mein Junge — es wird mir schwer ein Zugeständnis zurückzunehmen, das ich Dir in sorglosen Tagen leichtsinnig gab; aber ich habe selbst eine Familie und sie geht vor.

Rudolf (sehr betreten). Ich — ich verstehe Dich nicht —?

Otto. Nicht? Nun, so wende Dich an meine Frau. Sie wird Dir sagen, daß ich seit Jahresfrist nicht lebte, wie es ein ordentlicher Mann und Vater sollte. Und wer weiß, welch ein schreckliches Ende alles genommen hätte, wenn es nicht Deiner Schwägerin und dem wackeren Sanitätsrat Ziegler gelungen wäre, zu konstatieren, daß ich dem Tode entgegen lebe.

Hedwig. Du übertreibst wieder! —

Otto (zu Hedwig, abwehrend). Auf — re — gungen — sind Gift für mich. — Rund heraus, Rudolf, ich kann Dir kein Geld geben.

Rudolf. Das — das ist nicht Dein Ernst.

Hedwig. Du kannst ihn doch jetzt nicht sitzen lassen?

Otto. Besser, er bleibt sitzen als meine Tochter, der ich ein Vermögen hinterlassen muß.

Rudolf. Die Uniform ist bestellt —

Otto. Ich fühle mit Dir; aber ich kann nicht helfen.

Hedwig. Du erschienst nie so egoistisch.

Otto. Ja, wenn man ein falsch konstruiertes Herz hat —

Rudolf. Kann ich die Uniform nicht abnehmen, so ist alles aus!

Otto (zu Hedwig). Das wäre doch für Dich einmal schöne Gelegenheit, Hochherzigkeit zu beweisen.

Hedwig. Für mich?!

Otto. Gieb Du ihm das Geld.

Hedwig. Du thust, als ob ich über Reichtümer verfügte!

Otto. Immerhin über einige Eisenbahnaktien.

Hedwig. Ein Notpfennig!

Otto. Die Not ist da, weshalb zögerst Du also? — Verständige Dich nur mit meiner Frau, Rudolf. Ihre Aufgabe ist es nicht, Kapital zu sammeln, sondern die meinige. Uebrigens kannst Du ja auch ein Abkommen wegen der Rückzahlung des Darlehns treffen. — In kleinen Raten. — Wähle den Termin jedoch nicht zu früh; vielleicht sobald Du „Postrat" geworden sein wirst. Du kennst ja jedenfalls Deine Gehaltsskalen. — Mich mußt Du nun schon entschuldigen; dergleichen Gespräche greifen mich an. (Rechts ab.)

8. Scene.

Hedwig. Rudolf.

Rudolf (weinerlich). Was soll denn nun werden? — (Steht auf.)

Hedwig. Ja, ich bin ratlos.

Rudolf. Wie sehr hat sich bei Euch alles geändert. Was ist aus meinem armen Bruder geworden! Früher wußte er jeden Augenblick zu scherzen; sein Lachen sieht man jetzt fast nie — und sein Portemonnaie schon gar nicht! — Ich muß mir das Leben nehmen!

Hedwig. Sprich nicht so gottlos! — Wieviel Geld brauchst Du denn?

Rudolf. Ach, ein Vermögen. — 450 Mark.

Hedwig. 450 Mark —?

Rudolf. Ich hatte mich so sehr darauf gefreut...

Hedwig. Und Du mußt alles haben? Mit weniger ist Dir nicht gedient?

Rudolf. Ich habe jedes Stück berechnet. Der Degen allein kostet...

Hedwig. Der Degen? Wozu braucht der Postbeamte einen Degen?

Manuscript not for sale.

Rudolf (sehr erstaunt). Weil er vorgeschrieben ist.
Hedwig. Und wann mußt Du das Geld haben?
Rudolf. Zum ersten.
Hedwig. Ich will mir alle mögliche Mühe geben...
Rudolf. Ich wüßte wohl jemand, für den solche Summen Spielereien sind.
Hedwig. Und wer ist das?
Rudolf. Herr von Albrechtshoven.
Hedwig. Rudolf! Du wirst ihn doch nicht an...
Rudolf. Nein, nein! Erschrick nur nicht! Kein Wort könnte ich ihm sagen! — Aber — weißt Du — Erich — wenn man den damit betraute? — Erich hat eine so wundervolle Art, sich alle dienstbar zu machen —
Hedwig. Weiß Gott!
Rudolf. Wenn ich ihn bitten würde sich an Herrn...
Hedwig. Um keinen Preis! Bedenkst Du denn gar nicht die Stellung Deines Bruders?!
Rudolf. Wenn er aber kein Geld hergeben will, und ich es haben muß?
Hedwig. So bleibt nichts anders übrig, als daß ich für ihn eintrete.
Rudolf. Ach, Hedwig, könntest Du das?!
Hedwig. Komm am ersten vormittags zu mir; aber sieh zu, daß Du die Sachen wenigstens etwas billiger erhältst, für 400...
Rudolf. Ich will noch handeln; aber...

9. Scene.

Hedwig. Rudolf. Frl. v. Redenbrock. Paul. Emilie.

(Emilie öffnet die Mittelthür an der Paul Fräulein von Redenbrock hineinkomplimentiert. Emilie schließt darauf die Thür von außen.)

Rudolf (küßt Hedwig die Hand). Ich gehe jetzt.
Hedwig. Komm nur pünktlich zum Abendessen. (Rudolf begrüßt abgehend die Eintretenden, Albrechtshofen schüttelt ihm die Hand und küßt dann Hedwigs Hand.)
Frl. v. Redenbrock (sehr süß). Teure Frau Rat, wie geht es bei Ihnen? Wie steht es mit dem Herrn Gemahl? — Finden Sie mein Zusammentreffen mit dem Herrn Baron nicht himmlisch? Wir begegneten uns an Ihrer Thür. Auch der Herr Baron kommt, um Ihnen sein Beileid auszudrücken.

Hedwig. \
Paul. } Beileid?!

Frl. v. Redenbrock. Nun ja? Es steht nicht gut mit dem Herrn Rat? Wie würde mich das Gegentheil erfreuen! (Sie setzt sich auf das Sofa, Hedwig in ihre Nähe auf den Sessel; Paul nimmt den Stuhl vom Zeichentisch, den er etwas mehr in die Mitte schiebt.) Gestern Abend wurde auf der Soirée des wirklichen geheimen Oberfinanzrats Excellenz Klapproth so viel von den Schöpfungen Ihres Herrn Gemahls gesprochen. Das neue Eckhaus in der Leipziger Straße — himmlisch! — Auch Graf Fink... wissen Sie schon, Herr Baron, daß sich Elvira Fink mit Hugo von Kleibnitz verlobt hat? Sein Schwager Rosendorf, ein Vetter von mir, der sich kürzlich mit der verwittweten Lupinski, geborenen Scherwinski vermählte, hat mir das Ereignis unter dem Siegel der Verschwiegenheit mitgeteilt. — Gott! Wie freue ich mich! Kleibnitzens waren mit meinen seligen Eltern eng befreundet; Hugo wird ein sehr angenehmes Haus machen, das Sie besuchen sollten, Herr Baron.

Paul (mit Ironie). Sobald dort Vorzug genießen werde gnädigstem Fräulein zu begegnen —

Frl. v. Redenbrock. Elvira liebt mich sehr, und soweit ich mich meinen andern Freunden entziehen darf, gedenke ich mich Elvira zu widmen.

Paul (wie oben). Wäre sehr bedauerlich, gnädigstes Fräulein, wenn einen Teil darunter leiden ließen.

Frl. v. Redenbrock. Ja, ich opfere mich förmlich auf! Man hat mich überall so lieb. — Nun aber sagen Sie mir, gnädige Frau, wie befindet sich der Herr Gemahl?

Hedwig. Ich danke für Ihre Teilnahme, gnädiges Fräulein. Mein Mann ist auf dem Wege der Besserung.

Frl. v. Redenbrock. Trauen Sie nur dem Schein nicht zu viel. Wir hatten einen Fall in unserer Familie. Sie werden die Generalin Eulenstein gekannt haben, Herr Baron, eine geborene Rohrbach, von den Fridrichsthaler; eine Schwester meiner Mutter war an einen Rohrbach verheiratet. Die zweite Tochter der Generalin, Lilli, ein reizendes Mädchen, schien ganz gesund, und eines schönen Tages war sie tot.

Paul. Allgemein menschliches Schicksal, Gnädigste: Rot — tot.

Unverkäufliches Manuscript.

10. Scene.

Vorige. Gretchen.

Gretchen (in der Thür rechts). Mamachen, Papa läßt bitten...

Hedwig (steht auf, für sich). Gott sei Dank; die Person bringt mich um mit ihrem Mitgefühl! Mein Mann hat recht, sie ist unausstehlich!

Gretchen. Guten Tag, gnädiges Fräulein. Wie ist Ihr Befinden? (Reicht Fräulein von Redenbrock die Hand und wendet sich dann zu Paul.) Und Sie machen vormittags Besuche, Herr Baron, anstatt zu studieren? — Wie weit sind Sie mit Schiller?

Paul. Bin bei Glocke... der Glocke, gnädiges Fräulein.

Gretchen (zu Hedwig). Papa läßt Dich einen Augenblick zu sich bitten. Benno Ziegler ist bei ihm. Sie haben etwas Wichtiges vor. Du sollst, glaube ich, Geld zu einem Bau hergeben. (Lacht.)

Hedwig. Nicht möglich! (Zu Fräulein von Redenbrock und Paul.) So müssen Sie für einige Minuten verzeihen. Meine Tochter wird mich vertreten. (Rechts ab.)

Paul (für sich). Famoses tête-à-tête! Benutze alte Dame als Dolmetsch meiner Gefühle! (Gretchen setzt sich zu Fräulein von Redenbrock.)

Frl. v. Redenbrock. Nach Ihrer Munterkeit zu schließen, mein liebes Fräulein, scheint es mit der Gesundheit des Herrn Papa doch nicht so schlecht zu stehen?

Gretchen (lachend). Wie, glauben auch Sie an ernstliche Erkrankung des Papas?! Sehen Sie, mein gnädiges Fräulein, mein großer Vater hat seine kleinen Schwächen, wie alle bedeutenden Menschen. Seine Krankheiten beruhen stets nur auf Einbildung und diese dauert jetzt ausnahmsweise etwas länger als sonst; das ist alles.

Frl. v. Redenbrock. Ei, ei; dürfte das nicht etwas leichtfertig gedacht sein?

Gretchen. Wollen Sie meinen armen Vater durchaus krank wissen, gnädiges Fräulein?

Frl. v. Redenbrock. Welche Annahme! Wie sehr würde ich mich freuen, wenn meine Besorgnis unnötig wäre. Wissen Sie, Herr Baron, daß wir gestern Ihre neue Villa im Tiergarten gesehen haben?

Paul (zugeknöpft, launig). Außerordentliche Ehre.

Frl. v. Redenbrock. Ich fuhr mit Onkel Gerber, dem General,

vorüber. Am Brandenburger Thor mußte die ganze Wache ins Gewehr treten; es war zu reizend!

Gretchen (mit naivem Spott). Das kann ich mir denken.

Frl. v. Redenbrock. Wie schön Ihre Villa wird, Herr Baron. Ach, es muß himmlisch sein, an solcher Stätte walten...

Paul (sieht auf seine Fußspitzen und hängt anderen Gedanken nach). „Wird Fremde liebeleer." (Fräulein von Redenbrock sieht ihn erstaunt an; er kommt plötzlich zu sich.) Pardon! Die Fremde! (Gretchen lacht herzlich.) Bitte tausendmal um Vergebung, gnädigstes Fräulein. (Kämpft mit dem Lachen.)

Frl. v. Redenbrock (pikiert von Gretchen zu Paul sehend). Was hat das zu bedeuten?

Gretchen. Es war wohl nur ein unfreiwilliges Citat aus Schiller, gnädiges Fräulein.

Frl. v. Redenbrock. Es schien so.

Paul. Lerne Schiller — ich lerne den ganzen Schiller auswendig. — Gnädigstes Fräulein werden nun verstehen — muß bei Anklängen unwillkürlich mit Schiller'schen Versen antworten.

Frl. v. Redenbrock. Ach! — Das ist himmlisch! — Hochinteressant! — Und darf man fragen, weshalb diese Lernbegier, Herr Baron?

Paul. Hm — Gnädigste — ich setze den Fall — daß mich verheirathen wollte —

Frl. v. Redenbrock (sehr interessiert). Ach —!?

Paul. Daß ich mich verheirathen wollte, und daß ich mich in eine Dame verlieben würde, die doch davon Kenntniß erhalten müßte. Wenn nun zu ihr sagte: „Lege Herz zu Füßen, liebe, verharrend ergebungsvoller Verehrung," was glauben, Gnädigste, würde die Antwort sein?

Frl. v. Redenbrock (zögernd). Eine Werbung von Ihnen, Herr Baron, wird jedes Mädchenherz in freudige Wallung versetzen und himmlische Gefühle darin erwecken.

Paul. Meinen Sie, Gnädigste? Vielleicht irren. — Bin 30 Jahre alt geworden, habe nichts für Unsterblichkeit gethan, zehre von väterlichem Reichtum — alles. Wette, daß Auserwählte antworten würde: „Lernen Sie deutsch, Herr von Albrechtshoven und dann fragen Sie wieder nach."

Gretchen (halblaut). Oh, oh — wie boshaft!

Frl. v. Redenbrock. Das könnte doch nur ein sehr junges, sehr unerfahrenes, sehr...

Paul (erhebt sich und tritt hinter den Stuhl). Sehr vernünftiges Mädchen sein, wollen Gnädigste sagen, und haben sehr recht. Die junge Dame würde beweisen, daß sie Feind lächerlicher Aeußerlichkeiten ist. (Ohne die Damen anzusehen.) Einige von uns, Gnädigste, gefallen sich darin, vermeintlich bevorzugte Geburt bei jeder Gelegenheit hervorzuheben. Einer renommiert mit Ahnen, anderer mit Noblesse von Onkel und Tante, Cousin und Cousine, ein dritter radebrecht die eigene Muttersprache. (Auf Fräulein von Redenbrock blickend.) Alles Unsinn, Gnädigste. — Und weil ich eingesehen habe, daß solche Fadaisen niemals Eindruck auf vernünftige junge Dame machen, räume ich auf und lege Tollheiten alle ab — an Hand von Schiller. — Da haben gnädigstes Fräulein Erklärung, weshalb ich Schiller studiere.

Frl. v. Redenbrock (pikiert). Das ist ja sehr hübsch, Herr Baron. — (Sie erhebt sich.) Da fällt mir ein, daß ich noch einen Besuch bei Excellenz Streithorst zu machen habe. Die verwittwete Excellenz ist ... (Sie bricht, Pauls sarkastisches Lächeln bemerkend, ab.) Ihre Frau Mutter dürfte doch in Anspruch genommen sein, mein liebes Fräulein. Ich bitte, empfehlen Sie mich ihr herzlich; auch dem Herrn Papa, dem ich gute Fortschritte in der Besserung wünsche. Adieu, meine Liebe.

Gretchen. Erlauben Sie mir, gnädiges Fräulein, Sie zu begleiten.

Frl. v. Redenbrock (sich verneigend). Herr Baron —

Paul. Gnädigste —

Gretchen (zu Paul). Sie verzeihen, Herr von Albrechtshoven. (Paul öffnet eilfertig die Thür; Frl. v. Redenbrock und Gretchen durch die Mitte ab. Paul verbeugt sich tief hinter ihnen und lacht.)

11. Scene.

Paul. Benno.

(Benno tritt von rechts auf und will, offenbar sehr niedergeschlagen, durch die Mitte ab, ohne Paul zu bemerken.)

Paul. Nun? Sie sehen nichts und hören nichts und wissen von der ...

Benno. Verzeihen Sie.

Paul. Sehen ja jammerhaft aus! Was ist geschehen?! (Zieht Benno nach vorn.)

Benno (seufzend). Ach — ich mußte soeben eine Zukunft begraben.

Paul. Kaum Praxis und schon Begräbnis? Gratuliere!

Benno. Sie haben gut scherzen.
Paul. Habe mir immer gewünscht, den Mann zu sehen, dem Felle weggeschwommen sind!
Benno. Weggeschwommen? Ertrunken sind sie.
Paul. Nicht möglich!
Benno. Nicht anders. Frischmuth hat mir erklärt, daß aus unserem Projekt mit dem Terrainkurort nichts werden kann.
Paul. Weshalb nicht?
Benno. Weil er, wie er sagt, sein Geld für Frau und Kind zusammenhalten muß.
Paul. Ist das der einzige Grund?
Benno. Ich wüßte keinen andern.
Paul. Wenn das alles ist, so Kopf in die Höhe; Schwiegerpapa baut!
Benno. Sie sind und bleiben...
Paul. Davon später! Jetzt schnell noch eine Antwort! Lösten Sie meine Fesseln von Elli?!
Benno. Das ist besorgt. Ihre zehntausend Mark bewirkten Wunder. Sie ist seit drei Tagen auf der Reise nach Paris.
Paul. Glückliches Paris! — Es war das letzte Hinderniß! Jetzt ist aufgeräumt mit allem, jetzt als neuer Mensch in die Ehe!
Benno. Sie Glücklicher, dem das Leben nur Sonnenschein bringt; ich gehe nach Afrika.
Paul. Das werden Sie bleiben lassen! Cousine Gertrud darf unter schwarze Brüder nicht mit!
Benno (erschreckt). Herr von...!
Paul. A bah! Sie in Cousine, Cousine in Sie bis über beide Ohren verschossen! Ich bringe das in Ordnung!
Benno. Herr... ich beschwöre Sie!
Paul. Schwiegerpapa baut das Nest! Zum Frühjahr machen wir an einem Tage Hochzeit!
Benno. Mir wirbelt's im Kopf, ich...
(Gretchen kehrt zurück.)
Paul. St —! Jetzt flehe Sie an — verschwinden Sie! (Drängt Benno der Thür zu.)

12. Scene.
Vorige. Gretchen.
Gretchen (an der Thür). Sie wollen schon fort, Herr Doktor?
Benno. Ein dringender Krankenbesuch.
Gretchen (lachend). Ach, Herr Doktor; renomieren Sie nicht!
Benno. In Vertretung des Onkels.

Unverkäufliches Manuscript.

Gretchen. Dann will ich es glauben und Sie nicht zurückhalten.

Benno. Auf Wiedersehen. (Giebt ihr die Hand, ab.)

Gretchen (nach kleiner Pause, an der Thür). Sie haben kein gutes Herz, Herr von Albrechtshoven.

Paul. Oho!

Gretchen (kommt nach rechts vor). Warum verspotteten Sie Fräulein von Redenbrock und — mich?

Paul. Sie —!? (Geht erstaunt einige Schritte zurück.)

Gretchen. Einem kleinen Scherz, den ich mir vor einigen Tagen mit Ihnen erlaubte, geben Sie eine Bedeutung, den weder dieser Scherz noch ich verdienen. (Kehrt ihm, am Sofa stehend, den Rücken zu.)

Paul (noch etwas nach links hinten zurückgehend). Sie thun mir unrecht, gnädiges Fräulein. — Ich war in meinem ganzen Leben niemals weniger zu Spott aufgelegt als gerade jetzt. Einziger Gegenstand, den tüchtig verspotten möchte — das bin ich selbst.

Gretchen. Und weshalb?

Paul. Ich glaubte mich vorhin in Gegenwart von Fräulein von Redenbrock so hübsch erklärt zu haben, und nun muß ich sehen, daß nicht verstanden bin. — Geht mir aber immer so, wenn, aus Natur heraus, viel Worte mache. Abgekürztes Verfahren einfacher, prompter, verständlicher. — Fräulein Gretchen, sehen Sie mich an. (Im Eifer.) Ich ... wenn ... ich —— (Mit Tonwechsel, recht einfach.) Gnädiges Fräulein, würden Sie sich wohl entschließen können mich zu heiraten?

Gretchen (wendet sich ihm überrascht zu). Aber ... Herr von Albrechtshoven!

Paul. Abgekürzt „Paul"! — (Gretchen lacht.) Oh — lachen Sie jetzt nicht. Sie thun mir weh.

Gretchen. Ist das nicht das Vernünftigste, was ich thun kann?

Paul. Mich auslachen —?

Gretchen. Eigentlich sollte ich ernstlich böse werden.

Paul. Um Gotteswillen! Das hätte wahrhaftig nicht verdient. Sie glauben gar nicht, wie sehr ich mir Ihre Ermahnungen zu Herzen genommen habe! Ich sagte mir seitdem täglich: Fräulein Gretchen Frischmuth würde aus Dir einen sehr ordentlichen Menschen machen können.

Gretchen. Also das waren Sie bisher nicht?

Paul. Bitte — forschen wir lieber nicht nach. — Seitdem dies Haus besuchen darf, bin ich auf dem Wege zum Muster=

menschen! Wollen Sie aber Ihre Hand von mir abziehen, wird aus dem einsilbigen ein stummer Mann.

Gretchen. Ja — was ist da zu thun?

Paul. Ich wüßte wirklich kein anderes Mittel unter Ihre beständige Aufsicht zu kommen, als mein Wohl und Wehe für immer in Ihre Hände zu legen, das heißt, in die Hände meiner kleinen Frau!

Gretchen. Und das soll ich Ihnen so ohne weiteres glauben?! Soll Ihnen glauben, daß Sie mich... (Wendet sich schnell ab.)

Paul (feurig). Lieben! — Sehr! Unendlich! Sollen sehen... Sie sollen sehen: aus Liebe zu Ihnen bringe ich es noch, wenn Sie wollen, zu einem Cicero!

Gretchen (abgewandt, in freudiger Erregung). Alles das ist wahr?!

Paul. Log nie! Wahrhaftig nicht! Für eine Unwahrheit konnte ich nie genug Worte zusammen bringen!

Gretchen (wendet sich ihm zu, mit scheinbarem Ernst). Ach, Herr von Albrechtshoven, wenn ich auch Ihre fernere Erziehung übernehmen wollte — es geht nicht.

Paul (wie vorhin). Der Mensch kann alles, was er ernstlich will! Ich hab's bewiesen!

Gretchen (scherzend). Ich bin nicht mehr frei!

Paul (sehr erschreckt). Das... das...

Gretchen. Ich habe dem Papa gelobt, ihn nicht zu verlassen, so lange er krank ist.

Paul. Wieder dieser entsetzliche Papa! Soll denn alles an ihm scheitern?!

Gretchen. Was sagen Sie da?!

Paul. Oh! Pardon! Dieser vortreffliche Papa mit seiner entsetzlichen Krankheit!

Gretchen. Machen Sie ihn gesund, Herr...

Paul (wie oben). „Paul"! — Alles will ich können und alles will ich thun, wenn Sie mein sein wollen! — Gretchen! Wir werden morgen alles besprechen, Pläne schmieden, wie wir den Papa kurieren! An alle Professoren werden wir schreiben! Nur heute, nur jetzt einmal abgekürztes Verfahren! Lieben mich?! Sie mich!?! (Gretchen jubelt auf, streckt ihm beide Hände entgegen, er zieht sie schnell an sich und küßt sie auf den Mund, dann jubelnd.) Diese Abkürzung... radikalste!

(Der Vorhang fällt.)
Ende des dritten Aktes.

Manuscript not for sale.

Vierter Akt.

(Salon bei Frau von Albrechtshoven. Vornehm und modern ausgestattet. Ueber dem Sofa ein Spiegel. Mittelthür und Thür links.)

1. Scene.

Frau von Albrechtshoven. Hedwig. (Später) **Diener.**

Hedwig (sitzt mit Frau von Albrechtshoven auf dem Sofa; sie hält ein in ein Zeitungsblatt geschlagenes Buch und hat geweint). Mein Mann blieb allerdings von jenem Abend an zu Hause. — Aber wie! — Er wurde launisch, alles reizte ihn und sein Humor ging in Galle über. Es ärgert ihn die Fliege an der Wand — und mein Anblick scheint ihm nervöse Schauer zu verursachen.

Fr. v. Albrechtshoven. Und dennoch behaupte ich, daß alles nur Spiegelfechterei ist. (Sie schellt.) Entschuldigen Sie. (Der Diener kommt.) Ist Ernst zurück?

Diener. Er will soeben ausspannen, gnädige Frau.

Fr. v. Albrechtshoven. Fahren Sie zu Herrn Baurat Frischmuth, und bitten Sie ihn in meinem Namen den Wagen zu benutzen und hierher zu kommen. Beeilen Sie sich.

Diener. Zu Befehl, gnädige Frau. (Ab.)

Fr. v. Albrechtshoven. Die Verlobung sollen wir feiern und der Brautvater fehlt! (Hedwig trocknet die Thränen.) Beruhigen Sie sich, teure Freundin. Ihr Herr Gemahl wird kommen; eine Umarmung wird alles Geschehene vergessen machen und zu der Verlobung wird sich die Genesungsfeier gesellen — von eingebildeter Krankheit.

Hedwig. Ach, gnädige Frau; dies ekelhafte Buch läßt mich an allem verzweifeln. Die Scheidung steht vor der Thür.

Fr. v. Albrechtshoven. Was ist das für ein Buch?

Hedwig (nicht ablesend). Allgemeines Landrecht für die preußischen Staaten. Im Auftrage des Justizministers mit Anmerkungen herausgegeben von Dr. juris Schering. — § 703 — das ist mein Fall.

Fr. v. Albrechtshoven. Darf ich Sie bitten, mir „Ihren Fall" einmal vorzulesen?

Hedwig (öffnet das Buch und liest). Achter Abschnitt, von Trennung der Ehe durch richterlichen Ausspruch. — § 703. Unverträglichkeit und Zanksucht werden eine gegründete Scheidungs-Ursache, wenn sie zu einem solchen Grade der Bosheit steigen, daß dadurch des unschuldigen Teils Leben oder Gesundheit in Gefahr gesetzt wird."

Fr. v. Albrechtshoven (lächelnd). Unverträglich! Zanksüchtig! Boshaft! Sie?!

Hedwig. Könnte das, was ich that, dahin nicht ausgelegt werden? Sucht mein Mann es nicht so zu drehen? Durch Emilie schickte er mir dies Buch und ließ mir sagen, daß er nach § 703 handeln würde. — Ich wette, das Frauenzimmer hat die Geschichte in dem Buch auf dem Gange zu mir gelesen. Jede Minute sieht sie mich mit feuchten Augen an, seufzt und sagt: „Ach Gott!" — — Und wie habe ich ihn gebeten, uns hierher zu begleiten.

Fr. v. Albrechtshoven. Er wird kommen.

Hedwig. Eine Verlobungsfeier könnte mir den Rest geben, sagte er.

Fr. v. Albrechtshoven. Sie können aber doch unmöglich glauben, daß Ihr so kluger und offenbar so gesunder Herr Gemahl sich wirklich für krank hält?

Hedwig. Nichts dürfte ihn von dieser Einbildung befreien können.

Fr. v. Albrechtshoven. Er ist nicht nur gesund, sondern er weiß das auch!

Hedwig. Das wäre schrecklich herzlos von ihm!

Fr. v. Albrechtshoven. Wägen wir einmal das Mehr oder Weniger auf beiden Seiten ab, teure Freundin. Ueberlegen Sie. Was hat die kleine „Bosheit", bleiben wir bei diesem Ausdruck, gegen Ihren Herrn Gemahl veranlaßt? „Selbstsucht", „Eigenliebe." (Abwehrende Bewegung Hedwigs.) Ja, ja, es ist so. Nehmen wir hierzu noch ein wenig weibliche „Herrschbegier" und eben soviel „Eifersucht" auf die Freunde des Mannes und wir kämen schließlich dahin den „Herzfehler" bei Ihnen suchen zu müssen. — Es ist nötig, daß Sie Ihrem Herrn Gemahl die gegen ihn geübte List gestehen.

Hedwig. Er wird nichts glauben wollen, und ich müßte auch Onkel Ziegler fürchterlich kompromittieren.

Unverkäufliches Manuscript.

Fr. v. Albrechtshoven. Auch dem alten Herrn wäre eine kleine Strafe recht heilsam, (sie erhebt sich). Lassen Sie uns mit den Kindern Rat halten. Der erfinderischen Liebe soll die Aufgabe zuerteilt werden, den Frieden wieder herzustellen. (Sie ruft links hinein.) Kinder, bitte, kommt zu uns!
(Hedwig steht auf.)

2. Scene.

Frau von Albrechtshoven. Hedwig. Paul. Gretchen. Benno. Gertrud. (Unter fröhlichem Lachen und Plaudern. Später) **Diener.**

Paul. Ist die Sitzung beendet, Mamachen?

Fr. v. Albrechtshoven. Hört mich an, Kinder. Herr Baurat Frischmuth ist bis jetzt nicht erschienen. Ohne ihn darf eine Verlobungsfeier nicht stattfinden.

Paul. Ach, Schwiegermamachen! Was richtet der Schwiegerpapa alles an! Die Herzfehlergeschichte ist zum wahren Gespenst geworden!

Fr. v. Albrechtshoven. Sie muß daher beseitigt werden. Ich bin fest überzeugt, daß die Krankheit nur auf Einbildung beruht. Es gilt Mittel und Wege zu finden, die unsern Freund von seinem Wahn befreien. Einer von Euch muß sich dieser Aufgabe unterziehen.

Gertrud. Das wäre etwas für Dich, Paul. Du willst doch immer der Gescheiteste sein.

Paul. Diese Herausforderung ist Dein Dank, Cousinchen, daß ich den schüchternen Benno zum Sprechen gebracht habe!

Gretchen. Warum zerbrechen wir uns die Köpfe? Papa hat nur einen Vertrauten und der ist Erich.

Hedwig. Gott sei's geklagt! Er gebärdet sich wie ein Vicekönig im Hause.

Fr. v. Albrechtshoven. Also müssen wir zuerst ihn für uns gewinnen.

Paul. Das wäre etwas für Dich, Gertrud. Du warst immer seine stille Schwärmerei.

Gertrud. Bitte, bitte.

Benno (lachend). Dann soll er mir Rede stehen!

Fr. v. Albrechtshoven. Keine Uebereilung. Dem jungen Herrn dürfte nur auf diplomatischem Wege beizukommen sein.

Gertrud. Also doch immer wieder Paul. Er wollte sich ja einmal der Diplomatie widmen.

Gretchen. Nicht Paul; Du, Gertrud, mußt die Sache

in die Hand nehmen. Ich kenne meinen „Onkel" Erich. Gewähre ihm ein tête-à-tête, schmeichle ihm mit sanfter Stimme, sieh ihn einigemale schmachtend an und Du kannst ihn um den kleinen Finger wickeln! (Lacht.)

Fr. v. Albrechtshoven (zu Benno). Da hören Sie's, Herr Doktor, wovor Sie auf der Hut sein müssen.

Diener (durch die Mitte). Herr Fähnrich Breithaupt aus Potsdam.

Paul. Dein Opfer, Cousinchen. Vergiß nicht, daß er Degenfähnrich geworden ist.

Fr. v. Albrechtshoven. Ziehen wir uns also zurück und lassen wir den Herrn Fähnrich mit Gertrud allein.

Gertrud. Oh! Ich muß mir doch erst einen Plan zurecht legen!

Fr. v. Albrechtshoven (zum Diener). So bitten Sie den Herrn einen Augenblick hier zu verweilen.

(Alle, bis auf den Diener, links ab.)

Diener (hinaussprechend). Bitte den Herrn Portepéefähnrich einzutreten.

3. Scene.
Diener. Erich.

Erich (eintretend, mit halbem Blick auf den Diener). „Degen"=Fähnrich.

Diener. Die gnädige Frau lassen den Herrn Degenfähnrich ersuchen Platz zu nehmen; sie würden sogleich erscheinen. (Durch die Mitte ab.)

4. Scene.
Erich.

Erich (allein, im Gefühl des ersten Ueberrockes und des ersten Degens. — Stummes Spiel. — Nach Abgang des Dieners „biegt er sich durch". Er nestelt an dem Portepée, streicht eine vermeintliche Falte an der Hüfte glatt, faßt nach der Achsel, wo ihn der Rock kneift, schlägt dann mit dem Taschentuch ein Stäubchen vom Lackstiefel und blickt darauf nach einem Spiegel umher. Er bemüht sich, vor das Sofa tretend, in den Spiegel zu sehen, kann aber nur den Kopf erblicken, den er mit zwei Taschenbürsten auffrischt. Hierauf zupft er wieder am Rock, sieht umher und steigt auf den Stuhl vor dem Spiegel, um sich voll zu spiegeln. Nach einigen Drehungen und Wendungen setzt er die Mütze auf. — Ziegler tritt durch die Mitte ein).

Manuscript not for sale.

5. Scene.

Erich. Ziegler.

Erich (salutiert in den Spiegel). Guten Abend, Onkelchen.

Ziegler. So komm doch herab. — Was machst Du denn da oben?

Erich (herabsteigend). Die Spiegel sind hier etwas hoch angebracht.

Ziegler. Du mußt eben noch wachsen.

Erich (beleidigt, halblaut). Lächerlich.

Ziegler. Was thust Du hier allein?

Erich. Man trifft Vorbereitungen mich zu empfangen.

Ziegler. Man will Dir vielleicht zu dem Degen einen Lorbeer aufs Haupt setzen? — Ich schließe bei Dir allmählich auf Größenwahn.

Erich. Na, weißt Du, Onkelchen, von Deinen Diagnosen wollen wir lieber nicht sprechen.

Ziegler. Was heißt das?

Erich. Ich meine nur so. — (Mit Ironie.) Wie geht es denn Otto?

Ziegler (ärgerlich). Du stehst ja in reger Korrespondenz mit ihm und wirst wohl unterrichtet sein.

Erich (erstaunt). Du bringst aber eine böse Laune mit, Onkel?!

Ziegler. Das scheint Dir wohl nur so. — Vielleicht ist es auch die Begegnung mit Dir, die etwas Galle in mir erzeugt.

Erich. Ah! — (Gehoben und markiert). Sollte ich Sie irgendwie beleidigt haben, Herr Sanitätsrat, so bin ich zu jeder Genugthuung bereit.

Ziegler (lacht). Dieser Stolz kleidet Dich recht gut, das kann ich nicht leugnen; aber, mein Söhnchen, so ganz zu vergessen, daß Du vor dem alten Onkel stehst, beeinträchtigt die Wirkung.

Erich. Du irrst Dich, lieber Onkel. Wer könnte Dich mehr verehren als ich — schon Deiner Bowlen wegen. . . .

Ziegler. Erich!

Erich. Na, na, es ist nicht bös gemeint; aber siehst Du — Ihr alle zusammen wißt auch nichts Besseres zu thun, als mich daran zu erinnern, daß ich im grauen Altertum in die Mädchenschule ging und die Geschichte vom Daumenlutscherbub auswendig wußte. Da begegne ich eben Deiner alten Rieke — ich ging mit einem älteren Kameraden, sie nickt mir zu und schreit über die ganze Straße: „Guten Tag, Eli." — Das kann ich mir nicht gefallen lassen! — Du hätteſt nur hören ſollen, wie malitiös mich der Kamerad fragte, ob die Alte eine Tante von mir wäre.

Ziegler. Die alte Rieke hat Dich auf den Armen ge=
tragen, als Du noch nicht einmal Mama ſagen konnteſt und während Deines ſchweren Scharlachfiebers hielt ſie es am längſten in den Nachtwachen an Deinem Bettchen aus.

Erich. Herrgott, ja; das glaube ich; das weiß ich; und wenn's ihr einmal ſchlecht ginge, würde ich ſie ſofort bei mir aufnehmen; vorausgeſetzt, daß ich ſelbſt etwas habe; aber ebenſowenig ſie mich jetzt noch auf den Arm nimmt, ſoll ſie „Eli" ſagen. — Weißt Du, Onkel, — Du könnteſt ihr das wohl zu verſtehen geben.

Ziegler. Das will ich thun — unter Bedingungen.

Erich. Bedingungen? Unter welchen?

Ziegler. Erſtens ſprichſt Du mir nie wieder von der Abſinthbowle. — Ich glaube, Du haſt die Geſchichte der ganzen Kriegsſchule erzählt?

Erich. Ich hab' aber wahrhaftig keinen Namen genannt.

Ziegler. Das iſt ja ſehr liebenswürdig. Du biſt ein gefährlicher Menſch, Erich. — Zweitens ſollſt Du vor mir niemals wieder der Krankheit Ottos Erwähnung thun.

Erich. Ach — so haſt Du ihn aufgegeben?

Ziegler. Unſinn! Dein Schwager iſt gar...! Forſche nicht nach Gründen. Willſt Du meine Bedingungen erfüllen, ſo ſpreche ich mit Rieke, falls nicht, ſo —

Erich. Die Bowle und den Herzfehler mit einem Male ſo ganz todtſchweigen? — Das wird mir ſchwer.

Ziegler. Weshalb?

Erich. Von den beiden Geſchichten hab' ich bisher ſo nett gelebt.

Ziegler. Das wiſſen wir!

Erich. Na, Onkel, weil Du es biſt — ſprechen wir nicht mehr von dieſen ſchwachen Punkten. (Schüttelt ihm die Hand.)

Ziegler. Abgemacht. Daß Du Wort halten wirſt, weiß ich; daſſelbe kennſt Du von mir...

6. Scene.
Vorige. Gertrud.

Gertrud. Guten Abend, meine Herren. Wie geht es Ihnen, Herr Sanitätsrat? (Reicht ihm die Hand.) Kommen

Sie, ich will Sie zu der Tante führen. (Sie gehen einige Schritte.) Doch nein, ich habe ein Anliegen an den Herrn Degenfähnrich. (Erich wirft sich in die Brust.) Wollen Sie vorausgehen, Herr Sanitätsrat?

Ziegler. Wie Sie es wünschen, gnädiges Fräulein. Nehmen Sie sich aber vor dem Tausendsasa da in acht! (Lachend links ab.)

6. Scene.
Gertrud. Erich.

Gertrud. Bitte, setzen Sie sich zu mir, Herr Degenfähnrich. (Sie setzt sich auf das Sofa.)

Erich. Gnädiges Fräulein hatte die Güte, mir eine Verlobungsanzeige zu schicken. Erlauben Sie, daß ich pflichtschuldigst gratuliere. — Der Doktor war immer ein sehr netter Mensch — wenn er auch wenig sagt.

Gertrud (reicht ihm die Hand). Ich danke Ihnen herzlich.

Erich. Sie müssen mir aber einen Gefallen thun, gnädiges Fräulein.

Gertrud. Jeden, den zu erfüllen in meiner Macht steht.

Erich. Sie sollen mit der Hochzeit warten, bis ich die Epaulettes bekommen habe. (Setzt sich ihr gegenüber auf den Sessel.)

Gertrud (seufzend). Ach, Herr Degenfähnrich; zur Zeit meiner Hochzeit werden Sie es schon zum Major gebracht haben. —

Erich (lacht laut und ungezwungen). Guter Witz!

Gertrud. Kein Witz, mein Freund, sondern bitterer Ernst.

Erich. Aber, gnädiges Fräulein! Ich habe keinen Hintermann! Kann in zwölf Jahren Premier, in zwanzig Hauptmann, in dreißig Major sein; falls nicht das Glück eines gesunden Krieges eintritt, wobei Kameraden abgeschossen werden.

Gertrud. Lassen Sie mich Ihnen kurz sagen, Herr Degenfähnrich, daß meine Verheiratung in weiter Ferne schwebt, wenn Sie mir nicht Ihre Protektion schenken wollen. (Erich sieht sie überrascht sprachlos an.) Auf Sie setzen wir alle unsere Hoffnungen.

Erich (teils verlegen, teils selbstbewußt). Was in meinen Kräften liegt —

Gertrud. Sie wissen, daß Ihr Schwager, der Herr Baurat Frischmuth, mit meinem Bräutigam eine Abmachung getroffen hatte, wonach der Herr Rat den Bau einer Kuranstalt übernehmen sollte.

Erich. Ach ja, ich erinnere mich, Terrainkurort! (Lacht.) Die Kranken sollten dort durch Umherlaufen gesund gemacht werden.

Gertrud. Gleichviel. Der Herr Baurat hat sich von diesem Projekt zurückgezogen. Zu einem andern Baumeister würde aber mein Bräutigam nur schwer Vertrauen fassen, auch befürchtet er, aus solcher Disposition ein Zerwürfnis mit dem Hause Ihres Herrn Schwagers entstehen zu sehen. Da nun der Herr Baurat eigentlich gar nicht krank ist...

Erich. Nicht krank ist —?

Gertrud. Halten Sie ihn dafür?

Erich. Gnädiges Fräulein — der Mann war nie gesund.

Gertrud. Woraus schließen Sie das?

Erich. Er hat ja nicht einmal gedient. — Er wurde bei seiner Ausmusterung dienstuntauglich befunden. — Wer aber seine Militairpflicht nicht ausüben kann, muß krank sein.

Gertrud. Ja — erlauben Sie — als Tochter eines Offiziers glaube ich zu wissen, daß diese „Ausmusterung" etwa im 20. Lebensjahre vorgenommen wird?

Erich. Ganz richtig, gnädiges Fräulein. Seitdem hatte das Gebrechen meines armen Schwagers 23 Jahre Zeit sich zu vervollkommnen.

Gertrud. Das ist freilich eine Anschauung, der ich nicht gewachsen bin. Ich meine, die Zeit dürfte im Gegenteil den Beweis der Gesundheit des Herrn Baurats erbracht haben?

Erich. Aber er leidet doch!

Gertrud. Nicht nur in der Einbildung? — Ich weiß, Herr Degenfähnrich, daß Sie der Vertraute des Herrn Baurats sind und Ihr Einfluß auf ihn unbegrenzt ist. (Erich richtet sich auf im Gefühl dieser Würde.) Werden Sie es uns da verargen können, wenn wir unsere Zuflucht zu Ihnen nehmen? — Sie wissen, wie sehr Ihre Frau Schwester unter der scheinbaren Verstimmung ihres Gemahls leidet. Sein Bruder, der Postpraktikant...

Erich. Hi, hi, hi, der möchte gern 'n Degen haben und hat keinen.

Gertrud. Sie werden ihm dazu behilflich sein! — Gretchen und mein Vetter Paul wollen vereint in die Ferne und der Papa hält die Tochter zurück. — Und in mir sehen

Manuscript not for sale.

Sie eine arme Braut, verzagend nach dem Ziel ihrer Wünsche ausschauend. (Sie blickt ihn wehmütig an.)

Erich. Das ist sehr rührend.

Gertrud. So lassen Sie sich nur rühren. Wäre es nicht herrlich, Herr Degenfähnrich, wenn Sie schon in so jungen Jahren die sämtlichen Mitglieder dreier Familien sich verpflichteten und gleichsam als gute Fee den bösen Geist bannten, von dem Ihr naher Verwandter beherrscht wird, um so überall Friede und Freude zu bereiten? (Sie erhebt sich und ergreift seine Hand.) Ich würde Ihre Hand ergreifen, Ihnen dankerfüllt ins Auge blicken — und ein leiser Druck sollte Ihnen sagen...

Erich. Wenn Sie mir so kommen, gnädiges Fräulein, hört Alles auf; unter diesem Ueberrock schlägt ein gefühlvolles Herz! (Er springt auf.)

Gertrud. Das habe ich immer gewußt. Ihre militairische Würde kann niemals das Herz verleugnen.

Erich. Nein; gewiß nicht! — Aber jetzt sagen Sie mir, gnädiges Fräulein, was ich thun soll?

Gertrud. Sie sollen Ihren großen Einfluß auf Ihren Herrn Schwager dahin ausüben, daß er seinem Wahne krank zu sein, entsagt.

Erich. Wird besorgt!

Gertrud. Dann sollen Sie ihn wieder zu dem machen, was er früher war: ein zärtlicher liebevoller Mann und Vater, ein wohlwollender Freund, ein jovialer Gesellschafter.

Erich. Soll er alles wieder werden!

Gertrud. Seine Einwilligung zu Gretchens Heirat muß er geben.

Erich. Muß er!

Gertrud. Und für meinen Bräutigam...

Erich. Muß er die Rennbahn bauen!

Gertrud (lachend). Nennen Sie es, wie Sie wollen, wenn er nur baut!

Erich. Er wird bauen!

Gertrud. Sie sagen das mit einer Ueberzeugung, als ob Sie Ihre Versprechungen unbedingt werden erfüllen können.

Erich (sich sehr in die Brust werfend). Ein Breithaupt verspricht nie, was er nicht halten kann.

Gertrud. Und wie werden Sie es anstellen?

Erich. Hm, gnädiges Fräulein — ein königlich preußischer Fähnrich übt die Taktik; aber er verrät sie nicht.

Gertrud (fröhlich). Ich will in Ihnen den zukünftigen

General erblicken, wenn Sie uns den Frieden bringen. Jetzt aber noch eins. Schaffen Sie uns den Herrn Baurat sofort zur Stelle.

Erich. Das ist zwar schwierig, soll aber auch gemacht werden.

8. Scene.

Frau von Albrechtshoven. Gretchen. Paul. Ziegler. Gertrud. Benno. Erich. (Dann) Rudolf. Diener.

Paul (Gretchen am Arm, in der Thür). Wir können unsere Ungeduld nicht länger zügeln! Wie weit bist Du Gertrud?

Gertrud. Ich kam, ich sprach und siegte!

Paul. Bravo! So dürfen wir auf Sie rechnen, Kamerad?

Erich. Was ein armer...

Paul. Mann, wie Hamlet ist, vermag, Euch Lieb' und Freundschaft zu bezeugen, so Gott will, soll nicht fehlen! (Lacht.) Sie sehen, ich kenne nicht nur meinen Schiller! (Man lacht, inzwischen ist Rudolf, in Postuniform, den Degen an der Seite, eingetreten; hinter ihm der Diener.)

Rudolf. Guten Abend.

Erich (ganz vorn). Herr Gott! Dies Bildnis ist bezaubernd schön!

Hedwig (zu Rudolf; voll Angst) Kommst Du von Hause?! Begleitet Dich Otto nicht?!

Rudolf. Er ist ausgegangen. Emilie sagte, gleich nach Euch.

Hedwig. Himmel! Er hat uns verlassen!

Erich. Ach was! Der hat nur den fürchterlichen Anblick von Rudolf vermeiden wollen! (Lacht unbändig.)

Rudolf (nach dem Degen greifend). Erich!!

Paul (zwischen Erich und Rudolf tretend). Halt! Kein Blutvergießen! — Jetzt haben wir nur die eine gemeinschaftliche Sache, den Schwiegerpapa hierher zu bringen.

Gertrud. Das ist Sache des Herrn Degenfähnrichs allein. Nicht wahr, Sie halten Ihr Versprechen?

Erich. Wort für Wort, gnädiges Fräulein. Ich bitte um Tinte und Feder.

Paul (eilt zu dem Schreibtisch). Hier ist alles! (Erich schreibt, ~~schnell drei Worte und steckt den Zettel in ein Couvert.~~)

Unverkäufliches Manuscript.

Hedwig (zu Frau von Albrechtshoven; sehr ärgerlich). Diese selbstbewußte Miene von Erich; ich könnte ihn...

Erich. Respekt, Schwesterchen, vor der Uniform, oder...

Gertrud (bittend). Herr Degenfähnrich, seien Sie gut —

Erich. Ganz ruhig, gnädiges Fräulein, für Sie thu ich alles. Jetzt möchte ich um einen Boten bitten.

Paul. Er wartet auf Ihre Befehle.

Erich (zum Diener). Gehen Sie bis zur nächsten Ecke links, dann fünfzig Schritte die Straße hinauf.

Diener. Zu Befehl, Herr Lieutenant.

(Rudolf lacht.)

Erich (geschmeichelt). Hm, hm, hm. (Gehoben.) Sie werden zu einem schönen Hause mit bunten Fenstern gelangen.

Diener. Zum Nürnberger Bierhaus.

Erich. Ganz recht. Dort gehen Sie hinein; Sie finden unter den Gästen den Herrn Baurat Frischmuth.

(Unter dem Gelächter Aller:)

Hedwig. Im Wirthshause?!
Gretchen. Papa beim Bier?!
Gertrud. Nicht möglich!
Benno. Brillant!
Paul. Famos!

Erich. Geben Sie dem Herrn Baurat dies Couvert. Antwort ist nicht nötig.

Diener. Zu Befehl, Herr Lieutenant. (Ab.)

(Alle, ausgenommen Ziegler, der lächelnd bei Seite steht, umringen Erich, der in der Mitte bleibt und in der Stellung eines siegreichen Feldherrn die Arme kreuzt.)

Hedwig. Otto sollte wirklich zu Bier gegangen sein?!

Erich. Zu Bier? Kneipen ist er gegangen! Warum laßt Ihr den kranken Mann allein? Er ging seinen Schmerz zu ertränken. (Man lacht.)

Gretchen. Ist es wirklich wahr? Ich glaub's nicht!

Erich. Liebe Nichte! „Ich glaub's nicht", ist eine Verletzung der Autorität des Onkels. Im Uebrigen — fragt den Herrn Sanitätsrat.

(Erneuter Ausbruch des Erstaunens Aller.)

Ziegler. Das Bier ist dort gut. Meiner Meinung nach wird der Herr Baurat jetzt beim fünften Kruge sein.

Rudolf. Um Gotteswillen! Mein kranker Bruder fünf Glas Bier!

Erich. Und solch ein Schwächling trägt 'nen Degen.

Hedwig (zu Ziegler). Onkel! So habt Ihr mit mir Komödie gespielt?!

Ziegler. Wir mit Dir? — Nein. — Otto mit uns allen! — Sagte ich Dir nicht, daß Dein kluger Mann auf Deine List nicht hineinfallen würde? Und warnte ich Dich nicht bei Zeiten vor den Folgen? Freue Dich, daß Otto alles mit Humor behandelt hat.

Gretchen (zu Gertrud). Ich versteh' von alledem kein Wort.

Gertrud. Ich auch nicht.

Erich. Na, dann will ich es Euch erklären.

Hedwig. Erich! Schone mich endlich. Hast Du denn gar kein Herz?

Erich. Ich kein Herz? Meinst Du, daß falsch konstruierte Herzen Familieneigentümlichkeit bei uns sind?

Hedwig. Ach, geh nur! — Aber wird Otto kommen? — Mich so zu quälen! Er liebt mich nicht mehr!

Erich. Warte noch einen Augenblick, dann wirst Du's ja sehen. (Hedwig will weinen; ärgerlich.) Herr Gott! Fang' doch nicht ewig zu weinen an! Es sind ja Leute da!

Paul (Hedwig's Hand küssend). Nur heute nicht weinen, Schwiegermamachen; heute ...

9. Scene.

Vorige. Otto.

Otto (in der Mittelthür). Hedwig! Was ist mit Dir geschehen?! (Er eilt auf sie zu). Aber wie?! Du bist nicht totkrank?

Hedwig. Ich? Totkrank?

Otto. Hier heißt es: (liest Erich's Zettel.) Komm schnell. Hedwig plötzlich erkrankt. Gefahr im Verzuge. Erich.

Hedwig. Und bei dieser entsetzlichen Nachricht bist Du nicht gleich gestorben?!

Otto. Meines Wissens nicht.

Hedwig. Dann hast Du eine eiserne Natur! —

Otto. Das weiß ich längst! Geheimrat Fabrizius gab es mir schriftlich und „Onkel" Ziegler schloß sich seinem Kollegen an.

Hedwig. So hast Du Dich doch an dem Komplott beteiligt, Onkel!

Ziegler. Laß es gut sein, Kind. Otto ist wohl jetzt für immer von seiner fixen Idee krank zu sein, geheilt, und Du

Manuscript not for sale.

siehst fernerhin nicht gleich den Ruin auf der Schwelle, wenn Otto ausnahmsweise mal die Nacht zum Tage macht.

Hedwig. Hm — lieber soll's mir doch sein, wenn er zu Hause bleibt. (Alle lachen.) Aber was sollte Erichs Zettel?

Erich. Erstens ist es Zeit für's Abendessen. Zweitens solltest Du durch Ottos Eile von dessen Herz überzeugt werden und drittens — nennt man das Taktik.

Hedwig (ihm die Hand zum Kusse reichend). Du hast am Ende doch mehr Gefühl, als ich glaubte.

Erich (ihre Hand schüttelnd, ohne sie zu küssen). Viel mehr. Du hast mir immer leid gethan; aber Otto erst recht. (Man lacht.)

Paul. Weitere Auseinandersetzungen nach Tisch! Der Sekt wird zu kalt! (Zu Otto.) Habe auch Fäßchen Pschorr aufgelegt.

Otto. Sie sind der Schwiegersohn, wie ich ihn mir immer wünschte. Nun, beweisen Sie meinem Gretel bis an Ihr Lebens=ende, daß auch bei Ihnen das Herz auf dem rechten Fleck sitzt! (Er umarmt ihn.)

(Der Vorhang fällt.)

Ende.

Manuscript not for sale.
Francis Stahl

Hergestellt in der Officin von R. Boll, Berlin 1887.